HENRY SLESAR

LOS ASESINOS A ESCENA

HENRY SLESAR

LOS ASESINOS A ESCENA

Traducción de
Horacio González Trejo

CÍRCULO DE LECTORES

Para O E'none

PRÓLOGO

1

Temperatura: 32°. Humedad: 86 por 100. Previsión: seguirá el calor, con posibilidad de tormentas eléctricas, pasiones y asesinatos por la noche. Edward Copley Brandshaft, que pagaba el precio de su obesidad, emanaba vapor y sudaba enfundado en su traje de hilo mientras permanecía en la esquina de la Ochenta y uno y Park Avenue, a la espera de que Fritz, su criado, terminara de cargar el Cadillac Eldorado gris. El viejo mascullaba al tiempo que metía el pesado baúl en el maletero, pero tantos esfuerzos no parecían satisfacer a su irritado y sudoroso patrón.

–Por amor de Dios, Fritz, ¿necesitas tanto espacio? –preguntó Brandshaft. Se abanicó con el sombrero de paja y con la otra mano balanceó las llaves del coche.

–Ya he terminado, señor Brandshaft, está todo listo –Fritz se secó el sudor de la cara–. ¿Dejo fuera el neceser, ja? ¿Dejo fuera la bolsa donde guarda las píldoras digestivas y los demás chismes?

–No, no, guárdalo. Quiero que todo vaya atrás.

–Ja, vale –suspiró Fritz y cerró el maletero con un golpe seco–. Ya está todo listo. Que se divierta, señor Brandshaft.

Brandshaft gruñó y abrió la portezuela.

–Lo mismo digo –añadió–. Espero que Marta y tú lo paséis bien. Fritz, cuando veas a los chicos, dales mis recuerdos.

–Lo haré, señor Brandshaft, puede estar seguro. ¡Que se divierta! –exclamó mientras Brandshaft cerraba la ventanilla–. Adiós, señor Brandshaft, adiós.

Brandshaft saludó con la mano, giró la llave del encendido y pulsó el interruptor que arrojaba aire refrigerado hacia el interior del coche, un respiro bienhechor después del calor agobiante de la tarde. Pero sólo lo disfrutó durante veinte minutos, hasta que aparcó frente a la casa de apartamentos donde vivía Delores Mason.

A falta de un modo más certero de expresarlo, podía decir que se sentía furtivo. No era la primera vez que hacía la misma visita, apretaba el mismo timbre en la planta baja, viajaba en el mismo ascensor hasta el piso en el que se encontraba el apartamento de Delores. Pero esta noche el Cadillac esperaba, expectante, aparcado enfrente, y sus maletas aguardaban la compañía del equipaje de Delores Mason. Esta noche no saldría solo del piso. Se sentía furtivo y, sobre todo, embriagado de entusiasmo. Maldita sea, se sentía joven. ¿Por qué no reconocerlo? Se sentía como un condenado muchacho.

Llegó a la puerta del apartamento y posó suavemente el dedo en el timbre.

Delores abrió la puerta. Vestía un traje de viaje, de tela plateada y fresca. Estaba arrebolada y nerviosa, como una novia después de la boda. El pelo oscuro caía sobre su mejilla de terciopelo. Tenía ojos felinos y sonrisa inquietante y perezosa. Para él. Brandshaft sonrió dichoso y se sintió sano, fuerte y en forma, a pesar del calor.

–Pasa, Edward. Aún no he terminado de hacer las maletas...

–No hay prisa –respondió y la siguió a la sala–. Tarda cuanto quieras.

–Sólo te pido unos minutos. ¿Por qué no preparas un par de copas?

–Es una buena idea. Pero no beberé nada fuerte. Ya sabes lo que dicen sobre la mezcla de gasolina y alcohol...

Ella rió de forma extraña y él reparó en la tensión a la que estaba sometida. Se le crispaba el ojo izquierdo y lo frotaba constantemente con el dorso de la mano. Sus movimientos eran espasmódicos y el color de sus mejillas no tenía nada que ver con la cosmética. Le tomó la mano y notó una textura semejante a la del mármol humedecido por el rocío. Hinchó el pecho dominado por una sensación masculina, protectora. ¡Pobrecilla!

–Oye, Dee...

–¡No! –Delores se apartó–. Edward, no me llames así. ¡Ya te he dicho que odio ese apodo!

–Está bien, Delores, está bien. Sé lo que sientes en este momento y quiero decirte que lo comprendo –le frotó la mano como si quisiera restablecer la circulación sanguínea–. Ya verás, Delores, todo saldrá bien. Lo pasarás en grande. Serán las mejores vacaciones de tu vida...

–Edward, por favor, déjame, debería terminar de hacer las maletas.

–Por supuesto, hazlo –no quiso soltarla. Su muestra de recatada timidez lo atormentaba–. Antes de irte dame un besito.

–¡Edward, por favor!

Brandshaft rió entre dientes.

–Eres de lo que no hay. No somos desconocidos, ¿sabes? Y en cuanto lleguemos al motel...

Buscó alguna reacción en sus ojos, pero estaban opacos y no transmitían la menor emoción. La mujer le soltó los dedos, entró en el dormitorio y cerró la puerta. Brandshaft frunció el ceño, sacó un cigarro y lo encendió antes de recordar su promesa de reducir el consumo a tres al día. Se acercó al tocadiscos, lo encendió y apretó el botón que hacía caer el disco sobre el plato giratorio. Puso cara de desconcertado malestar al oír esos ruidos quejumbrosos e ininteligibles; el gusto musical de Delores le era del todo incomprensible. Se alegró cuando el disco dejó de sonar.

Caminó hasta el bar escondido en la librería y preparó dos whiskies con hielo. Cuando Delores salió del dormitorio le sonrió como disculpándose y le acercó un vaso.

–Parece que los dos estamos nerviosos –dijo–. Puede que esta copa nos tranquilice. Por nosotros –alzó el vaso hacia el de la mujer, pero Delores se limitó a mirar el whisky y a dar un largo trago evidentemente necesario. Aguardó a que la bebida la calmara y le preguntó–: Delores, ¿te has arrepentido?

–No, sólo estoy un poco nerviosa. Creo que tiene que ver con el calor.

–En la carretera te sentirás mejor. El coche tiene aire acondicionado, ¿sabes? Vamos, cuanto antes nos pongamos en camino, mejor...

–¡No, todavía no! –se le quebró la voz–. No... aún no estoy lista. Estoy cansada –se dejó caer en el sofá–. ¿Podemos descansar un rato? ¿Sólo un minuto?

–Por supuesto. Lo que tú quieras.

Se sentó junto a ella y dejó el cigarro en el cenicero de cerámica de la mesa de café. La mujer cerró los ojos y se recostó como si estuviera a punto de dormirse. Al verla con los ojos cerrados tuvo la sensación de que la había perdido: parecía una desconocida, perdida en su propio ensueño y que ya no formaba parte de su vida. Intentó hacerla regresar: puso la mano en su brazo y se acercó.

La puerta se abrió.

Durante unos segundos, Brandshaft no percibió ningún cambio, no reparó en la presencia de una figura en el umbral. Sólo cuando la puerta se cerró, cuando ella abrió desmesuradamente los ojos y vio en su expresión el terror más intenso que jamás había percibido en un ser humano, Brandshaft se volvió y contempló la fuente de ese temor. Era un hombre que llevaba un impermeable de color beige con el cinturón fuertemente ceñido y el cuello levantado. Su cabeza era pequeña, bien formada y estaba cubierta de minúsculos rizos negros. Iba sin afeitar y su barba no era más que la pelusa de un joven.

En un primer momento, Brandshaft no fue consciente de la amenaza. Delores tuvo que decírselo. Se tapó la boca con los dedos y lanzó un grito y un nombre:

–¡Johnny!

Se dio por enterado. Se puso en pie al tiempo que se sentía gordo, viejo y sudoroso, y vio que el joven se quitaba el impermeable y lo arrojaba con displicencia sobre una silla. En aquel instante llegó a muchas conclusiones. Llegó a la conclusión de que era un idiota, un inválido emocional; de que estaba mejor en casa; de que, desde el primer momento, esa aventura había sido un disparate. Ahora Delores era una ilustre desconocida, una chica extraña en un apartamento extraño, y él no tenía nada que ver con ese ambiente. Vacilante, dio un paso hacia la puerta.

–¡Hola, Delores! –saludó el hombre–. Parece que no me esperabas –torció irónicamente el gesto.

–¡Johnny! Te creía en Los Angeles. Dijiste que te ibas a Los Angeles...

–¡Pero cambié de idea! Tengo derecho a cambiar de idea, ¿no? –escrutó el rostro de Brandshaft–. Delores, ¿qué significa esto? ¿No nos presentas?

–Me llamo Brandshaft –intervino con voz ronca–. Yo... supongo que usted es el marido de la señorita Mason. La señorita Mason trabaja para mí en la Agencia Inmobiliaria Brandshaft...

–¡Así es, Johnny! –Delores se acercó a él–. Te presento al señor Brandshaft. Ha venido para hablar de algunos asuntos de la agencia.

–Ya me iba –dijo Brandshaft–. Ya me voy.

Ambos le miraban fijamente. Cogió el cigarro del cenicero y notó que se había apagado. Lo soltó y se secó la húmeda palma de la mano en la chaqueta. Echó a andar hacia la puerta.

Un obstáculo se interpuso en su camino.

–Un momento, vaquero, no se librará tan fácilmente.

–Escuche, señor Mason...

–¡Rodriguez! –chirrió–. Me llamo Rodriguez –jadeaba. Se dio la vuelta, dio dos zancadas y lanzó un puñetazo a la mujer. Aunque el golpe falló, Delores chilló como si la hubiese alcanzado–. ¡Zorra! –gritó–. ¡Mala pécora! ¡Sé lo que te traes entre manos con este gordo palurdo!

–¡Johnny, no!

–He visto su cochazo. ¡Delores, no te hagas ilusiones, a mí no me la pegas!

–Está equivocado –intervino Brandshaft imperturbable–. Está muy equivocado. Lo siento mucho, pero tengo que irme...

–¡Usted no va ni a la esquina! –el hombre aplastó las palmas de las manos contra el traje manchado de sudor de Brandshaft y lo empujó–. Nadie saldrá de aquí hasta que yo haya terminado con esta sucia golfa... –volvió a agredirla: esta vez le dio en la mandíbula con la palma de la mano.

Delores aulló de dolor y los ojos le relampaguearon. Le habría devuelto el golpe, pero Johnny le sujetó el brazo y lo retorció hasta que ella gritó:

–¡Afloja, me haces daño! ¡Por Dios, afloja!

–Suéltela –pidió Brandshaft–. Le ruego que la suelte...

–Por favor, por favor –gimió Delores e intentó zafarse–. Déjame en paz... –las lágrimas rodaban por sus mejillas.

–¡Te he dejado en paz demasiado tiempo! ¡Estoy harto! ¡Desde que me abandonaste, te has convertido en una gata callejera! –Johnny aferró sus delgadas muñecas con una sola mano y le asestó un sonoro bofetón. Delores volvió a aullar como si fuera la gata a la que Johnny se había referido, soltando un chillido de ira e indignación.

–¡Edward! ¡Ayúdame, Edward!

Brandshaft no quería ayudarla. No quería tener nada que ver con ese mal rollo. Deseaba dar media vuelta, cerrar la puerta al salir y dejar atrás la escena. Pero Delores lo llamaba y el hombre, ese salvaje con las mejillas cubiertas de pelusa, volvía a maltratarla...

–¡Deténgase! –ordenó Brandshaft–. Basta, ¿me oye? ¡Si no me hace caso, llamaré a la policía!

Delores había logrado soltarse y corría hacia el dormitorio. Aguardó a ver la puerta del dormitorio cerrada, a oír el chasquido del pasador, a comprobar que estaba ilesa tras la barricada. ¡Pero no, Delores regresaba! Aunque gritó, ella no le hizo caso. Volvía a la sala.

–No seas idiota –dijo el joven serenamente y retrocedió–. Delores, no seas necia.

Entonces vio el arma. Temblaba en la pequeña mano de Delores. Parecía enorme, horrible, una cosa plomiza y venenosa. Frunció los labios asqueado.

–Dámela –pidió el joven persuasivo. Dejó de retroceder y extendió la mano–. Dame eso, zorra estúpida...

–No –Delores negó con la cabeza–. No, Johnny, no te la daré.

Rodriguez se abalanzó hacia la pistola. Delores se quedó tranquila e impotente ante la arremetida y soltó el arma, que rebotó en la alfombra. Brandshaft la miró con aprensión, como si fuese un reptil venenoso. Sólo los chillidos ahogados de la mujer lo llevaron a desviar la mirada de la pistola.

–Ayúdame –gritó Delores, mientras arañaba los dedos que aferraban su cuello–. Por favor, Edward. ¡Va a matarme!

–¡Basta! –gritó Brandshaft–. ¡Déjela en paz!

–¡La pistola, Edward, la pistola!

Brandshaft recogió el arma.

–Suéltela, ¿me oye? –una vez en su mano, ya no le parecía tan repulsiva. La encontró sólida, real y tranquilizadora–. ¡Rodriguez, suéltela!

–¡Atrévase conmigo, sucio cabrón! ¡Romeo gordinflón...!

Así fue como se encontró cara a cara con el salvaje, embarcado en una lucha primitiva, interpuesto entre ambos ese frío artefacto de la civilización. Redujo el conflicto a su mínima expresión: era demasiado viejo, era demasiado viejo y estaba muy cansado. Dejó ganar al más joven, la victoria lo traía sin cuidado. Cuando la pistola se disparó, no se apercibió de que el estampido amortiguado tuviese alguna relación con él, con el frenético desconocido que escupía furia en su rostro ni con la mujer que, aterrorizada, se aplastaba contra la pared. No vio la menor relación con la mancha que se extendió rápidamente en la pechera de la camisa del joven ni con la mirada de incredulidad y repentino dolor de sus ojos. Cuando Rodríguez cayó torpemente, arrastrando consigo los pequeños objetos de la mesa de café, Brandshaft no pensó en el arma que aún esgrimía. Pero le resultaba pesada, tan agobiante que, por su propio peso, cayó junto al joven que yacía despatarrado sobre la alfombra.

Alguien gritó.

Fue ella, sin duda. (¿Cómo se llamaba?) Se había arrojado sobre el cuerpo ensangrentado, sacudía por el hombro al joven y miraba sus ojos ciegos.

–¡Johnny! –chillaba–. ¡Johnny! ¡Ay, Dios mío, lo has matado!

Brandshaft meneó sensatamente la cabeza.

–No, no es verdad –respondió–. Yo no lo maté. Intentaba quitarme la pistola. Empezó a moverse hacia el exterior.

–¡Has matado a mi marido! –sollozó con la cabeza apoyada en el pecho cubierto de sangre–. ¡Lo has matado!

Brandshaft llegó a la puerta. Desde allí su figura era la imagen de la serenidad.

–¡No podrás huir! ¡No me dejes!

–Sinceramente... tengo que irme...

Se le había encogido el pecho. La caja torácica le constreñía el corazón y los pulmones. Se sintió débil. Necesitaba aire. Giró el picaporte.

Delores se puso en pie y se arrojó sobre él.

–¡No te vayas! ¡No te vayas! –se detuvo ante la puerta y le impidió salir–. No puedes dejarme en esta situación. Y no puedes dejarlo a él...

–Un médico –murmuró Brandshaft–. Si llamáramos al médico...

–¡No! Está muerto –Delores cerró los ojos y le castañetearon los dientes–. Será mejor que llamemos a la policía.

A Brandshaft le pareció una buena idea porque respetaba a la policía. Le pareció una buena idea a pesar de las circunstancias. Asintió y regresó con ella al centro de la sala. Le palmeó el hombro distraída y consoladoramente.

–Por supuesto –dijo con tono reconfortante–. Llamemos a la policía.

Delores se dirigió al dormitorio. Brandshaft sacó un cigarro del bolsillo y se sentó en la silla más alejada del cadáver teñido de rojo y tendido en el suelo. Encendió el cigarro. Desde el dormitorio le llegó la voz de la mujer:

–Diga... Soy Delores Mason. Vivo en el diecisiete de Water Street, apartamento cinco jota. Acaban de asesinar a mi... a mi marido... Sí, a mi marido... John Rodriguez...

Reinó el silencio. Brandshaft reparó por primera vez en que, en algún lugar de la sala, sonaba un reloj. Oyó el tictac y lo buscó con la mirada. Era un pequeño reloj de oro, cubierto por una campana de cristal y colocado sobre la repisa de la falsa chimenea. Las manecillas marcaban las siete en punto.

Eran dos manchas azules y enormes con toques luminosos metálicos y chillones. Uno hablaba con la mujer y el otro examinaba al muerto. El segundo alzó la mirada y comentó algo con el primer agente; sacó un bloc del bolsillo. Se puso en pie y dijo:

–Quiero avisarles de que a partir de ahora todo lo que digan puede utilizarse como prueba en su contra. Si alguno de los dos quiere presentar declaración...

Brandshaft miró a la mujer.

–Lo hizo él –afirmó Delores categóricamente–. Mató a mi marido, con esta pistola.

Brandshaft intentó hablar, buscó las palabras apropiadamente sensatas que les permitiera comprender lo ocurrido, pero no logró coordinar mente y expresión.

–¿Esta pistola es suya? –preguntó un poli, y señaló el arma.

–Es mía –respondió la mujer–. Me la dio mi marido. Pero fue él quien la usó. Pregúntenle. Lo hizo él.

El policía miró a Brandshaft.

–Yo disparé –dijo roncamente–. Pero no tenía intención de hacerlo. Fue un accidente.

–Será mejor que llamemos a la central –opinó el primer poli.

Su compañero asintió y se dirigió al dormitorio. Habló unos minutos por teléfono y regresó.

–Los chicos llegarán en diez minutos –informó–. Me han pedido que no toquemos nada y que llevemos a estos dos a la comisaría. Si no he entendido mal, tiene el coche aquí, señor... –consultó el bloc–, señor Brandshaft.

–Sí, está aparcado enfrente.

–Lo trasladaremos a comisaría. Frank, cierra con llave y espera al teniente Bruno en el coche patrulla. Vamos, en marcha.

–¿Estoy... estoy arrestado?

El poli se frotó la barbilla.

–¿No se lo he dicho? Pues sí, señor, está arrestado.

En cuanto se cerró la puerta, reinó la paz en el apartamento. Pero el silencio no era absoluto. En la caja del tocadiscos seguía girando el plato, ignorado su débil susurro. El hombre tendido en el suelo se incorporó lentamente, se apoyó en los codos, prestó atención durante unos segundos y se puso en pie. Se acercó al tocadiscos y accionó el botón de control; el cambiador se puso en marcha y la aguja cayó en el primer surco. A través del altavoz, un saxo tenor exhaló melancólicos sonidos. El hombre chasqueó los dedos y balanceó la cabeza al son de la música. Se acercó a la mesa de café y alzó uno de los vasos a medio beber. Limpió el borde con el dedo y se echó al coleto lo que quedaba. Se dirigió al dormitorio, cogió el teléfono y marcó un número.

–Hola. ¿Con quién hablo...? ¿Step? –sonrió de oreja a oreja–. Soy el cadáver. Hombre, el fiambre... Sí, acaban de salir. Llegarán a comisaría en veinte minutos –rió entre dientes y se frotó la pechera cubierta por una mancha roja–. Salió fenomenal, hombre, como en las obras de Tennessee Williams. Step, ¿se lo contarás a los demás? Diles que se preparen, picapleitos.

Al otro lado de la línea telefónica, Stephen Sutter miró con cara de pocos amigos el micrófono.

–No me llames así –advirtió–. Chili, no vuelvas a llamarme por ese apodo.

Colgó con el ceño aún fruncido. Por primera vez en dos meses no le hizo gracia la idea de la broma Brandshaft. ¿Por qué le resultaba imposible sonreír? Miró el aparato mudo en busca de respuesta. ¿Por qué se sentía asustado?

PRIMER ACTO

2

La culpa fue de Polo. Si aquel día Polo no hubiera sabido dónde encontrarlo, quizá nunca se habría liado con ese asunto. Pero Polo lo encontró mimando su café y su orgullo herido en un rincón vacío del restaurante del autoservicio de Broadway y la Cuarenta y siete, con la carta de Maseford apoyada en la azucarera. Maseford era el agente de Step Sutter y esa carta probablemente era la más larga que se había dignado escribir a un actor. En síntesis, decía que si Sutter deseaba presentar una queja contra él ante cualquiera de los sindicatos o el Departamento de Policía de Nueva York, ya podía hacerlo sin demora.

Step no leía la carta, la segunda que Maseford le había enviado esa semana. Se la sabía de memoria. La había leído hasta la saciedad desde que la recibiera esa misma mañana, y hasta entonces había sido incapaz de redactar una respuesta. Todo fue más fácil al principio, cuando Maseford anunció que Step ya no era cliente de su agencia. Ciego de ira, Step escribió una misiva genialmente breve con su mejor estilo forense y amenazó a Maseford con denunciarlo por incumplimiento de contrato, al tiempo que le recordaba sus estudios de Derecho. La respuesta de Maseford fue categórica e implacable. Y la última frase era la que más le dolía.

«¿Me permites que te recuerde que el diez por ciento de cero es cero?», había escrito.

Polo lo encontró en ese estado, víctima de la guerra peculiar que libran todos los aspirantes a actores, lamiéndose las heridas en el dispensario más próximo.

Polo, un joven rubio y delgado, con camisa caqui y pantalón de sarga del mismo color, sorteó las mesas con la gracia petulante de un bailarín de flamenco. Sus labios bien formados sonrieron cuando superó a un viejo que arrastraba los pies para hacerse con la única silla libre de la mesa de Step. Se aposentó con un suspiro, saludó con un murmullo y cogió la carta apoyada en la azucarera.

–¿Es de Maseford? –preguntó al ver el membrete y alzó una ceja que, como muy bien sabía Step, se depilaba.

–Es de Maseford –gruñó Step–. Venga, léela de una vez.

Polo la leyó y la dejó caer flotando sobre la mesa. Se acomodó un mechón rubio sobre la oreja.

–Hombre, ¿estás cabreado?

–¿Yo? Claro que no. Pienso presentar un *nolle prosequi.*

–Corta el rollo. –Polo frunció el ceño.

–Significa que arrojo la toalla –explicó Step con ironía–. No pienso seguir luchando. Maseford quiere que me esfume y no voy a discutir. Se acabó.

Polo rió asombrado.

–Hombre, habrías sido un abogado genial. Quizá no tendrías que haber abandonado la facultad.

–Es lo que dicen todos... todos los que me han visto actuar. Pero como abogado habría sido aún peor.

–Parece que hoy todos tenemos un mal día, ¿no?

–¿Tú también tienes problemas?

–Todo el Grupo tiene problemas, las cosas van de mal en peor. Por eso llevo todo el día buscándote. ¿No te dieron mi mensaje en la pensión?

–No. Esta mañana salí temprano –Step contempló con renovado interés la cara tersa y lampiña de Polo–. ¿A qué se debe tanto jaleo?

–Abogado, has estado fuera mucho tiempo –Polo rió entre dientes–. Será necesario algo más que una taza de café para que te lo cuente. ¿Por qué no te vienes una hora a mi casa?

–No, Polo, gracias –respondió Step informalmente.

Las mejillas del joven rubio se tiñeron de rojo.

–También vendrán Balckie y Chili. Y hasta es posible que aparezca Dee Dee. ¿Te acuerdas de Dee Dee?

–¿Cómo no la voy a recordar?

–No hay nada personal, hombre, es como pensar en grupo. Les prometí llevarte para que hablaras con ellos. Tal como lo vemos, eres la persona que nos puede echar un cable. Me explicaré: tenemos problemas legales.

Step reaccionó bruscamente:

–Polo, no puedo actuar como abogado. ¿Has olvidado que

lo dejé? No sé distinguir entre agravio y ofensa. Si necesitas un buen abogado, te daré la tarjeta de mi padre.

–Joder, hombre, sólo queremos hablar contigo. No te hagas el estrecho. –Rozó ligeramente la mano de Step y éste se apartó con tanta brusquedad que la mesa tembló. Polo pareció darse cuenta de que había cometido un error táctico y habló sin parar–: Venga, Step, sólo necesitamos unos pocos consejos. Mientras estabas en Pasadena, tuvimos una idea realmente genial, ese asunto off-Broadway, ya sabes. Hombre, estábamos a punto de echar a rodar cuando el agente inmobiliario nos soltó los perros. Fue una jugada sucia, Step, de verdad.

–Polo, no sé de qué hablas.

–Era de prever. He puesto el carro delante de los caballos. Mi misión consistía en encontrarte, no en soltarte la parrafada. Blackie te lo explicará todo si vienes a casa. ¿Vendrás?

Step bebió el último sorbo de café. Estaba frío y sabía a ceniza de cigarrillo. El rostro de Polo, habitualmente una gélida máscara triangular, estaba tenso de impaciencia. Por algún motivo, a Step le resultó deprimente.

–¿Has dicho que estará Dee Dee? –preguntó Step por encima del borde de la taza.

Polo sonrió pesaroso.

–¿Sería bonito volver a ver a Dee Dee, verdad?

–No seas alcahuete –replicó Step bruscamente.

Se puso de pie y Polo le dedicó una sonrisa complaciente. El joven rubio se estiró la pechera de la camisa y la ajustó bajo el cinturón ancho de lona. Caminaron juntos hacia las puertas giratorias.

La casa de Polo se encontraba en un tercer piso sin ascensor, en el Village, y las escaleras crujían tanto que no hacían falta timbres. Aún estaban en el rellano del segundo piso cuando Blackie Daggert abrió la puerta del apartamento de Polo y les sonrió por el hueco de la escalera.

–Hola, hombre –cacareó Blackie–. Me alegra comprobar que no nos has dejado en la estacada.

Step casi había olvidado la sensación de poder que transmitía Blackie. Tenía el torso grueso como un tronco y lucía camisetas delgadas como el papel, que resaltaban su cuerpo musculoso. Poseía brazos simiescos y sus rasgos eran regulares sin llegar a ser perfectos; la azulada barba incipiente que cubría sus mejillas ponía a prueba todo tipo de afeitadoras. Parecía un atleta más que un director de teatro y su primera producción, un *Otelo* que paseó por todas las salas de Brooklyn, fue alabada por los críticos dispuestos a cruzar el puente. Lamentablemente, nunca llegaron ofertas de Broadway y el siguiente intento que hizo fue un fracaso de tomo y lomo.

–Chicos, mirad quién ha llegado –dijo Blackie–. El gran defensor de causas perdidas.

–Déjate de chorradas –Step frunció el ceño y entró detrás de Polo.

Había dos personas. En un sillón de orejas, bajo una estampa japonesa estrecha y sin enmarcar, Dee Dee Monahan estaba serenamente sentada con su eterna expresión: una combinación seductora de recato y promesa sensual. Sobre la superficie de la cama de gomaespuma, Chili Alvarez, apuestamente latino, con un polo negro, estaba tendido boca arriba y con un cuenco de galletas sobre el pecho. Polo se apartó de Step, se inclinó y recuperó el whisky con soda y hielo que, hacía menos de una hora, había dejado por la mitad.

Blackie le presentó a Dee Dee y Step no se molestó en decirle que ya se conocían. Chili se sentó, sonrió contento a Step, le hizo preguntas sobre California e inquirió si había tenido ocasión de visitar Monterrey, su lugar predilecto. Step negó con la cabeza. Polo le ofreció una copa y la rechazó. Contempló el círculo de sonrisas y ojos atentos y se sintió incómodo. No estaba acostumbrado a ocupar el centro del escenario, menos aún con esa pandilla.

–Ya está bien. Soltadlo de una vez –murmuró–. ¿Desde cuándo soy famoso?

Blackie rió.

–Hermano, eres la medicina que en este momento nos puede salvar la vida. ¿Te ha dicho Polo de qué se trata?

–No, no me dijo nada –observó a Dee Dee, que bajó la mirada–. Dee, ¿cómo estás? La última vez que te vi habías decidido renunciar a todo y estabas dispuesta a aceptar un trabajo de secretaria.

–¡Bah! –respondió–. Trabajé cinco meses para Union Carbide.

–Ya está bien, ya está bien –intervino Chili Alvarez con tono burlón pero sincero–. Vayamos al grano. Blackie, dile al abogado de qué va el rollo.

Step se cruzó de brazos.

–Suéltalo ya. Como le dije a Polo, no soy asesor legal, pero estoy dispuesto a que me deis el coñazo.

Blackie sacó un purito del bolsillo de la camisa y lo encendió. Se sentó en el suelo, en posición de yogui, delante de Step.

–La situación es la siguiente. Hace un par de meses, Polo presentó a la señora Cook al Grupo: Ignoro dónde la encontró, pero nos alegramos realmente.

Polo se ruborizó.

–La conocí a través de unos amigos –explicó–. Había sido actriz allá por los años veinte.

–Resumiendo, tiene algo de dinero gracias a una renta vitalicia o algo parecido y el deseo de hacer buenas obras. ¿Me sigues?

–No del todo. ¿Es un ángel?

–Hasta cierto punto, pero no es lo bastante rica. Hay que reconocer que el teatro le chifla, le entusiasma. Le comentamos la idea que teníamos para el Grupo. Ya sabes, la compañía off-Broadway, con el repertorio moderno. Reconozco que no era nada novedoso, pero le interesó. Es una mujer de una pieza.

Por el rabillo del ojo, Step vio que Chili se acercaba taimadamente al sillón de orejas de Dee Dee.

–Sí, claro –dijo con impaciencia–. Concreta.

–Está bien. Un par de meses después, la señora Cook nos buscó a Polo y a mí para decirnos que, si íbamos a por todas, tal vez pudiera ayudarnos. Dijo que sabía de un local en el centro que podía conseguir realmente barato y que añadiría unos cientos de pavos más para ayudarnos con los decorados, el vestuario y los accesorios. Como es lógico, dijimos que era fabuloso, fantástico, que cerrábamos el trato.

–Una racha de suerte –masculló Step.

–Sí, de suerte –repitió Blackie con amargura–. Nos volvimos locos de entusiasmo. Formábamos un grupo genial compuesto por mí, Polo, Dee, Chili, Sammy Schultz, Vince Whiting, Harkness...

–¿Harkness forma parte del Grupo?

–Está tan metido como Flynn. Llegamos a la conclusión de que nos hacía falta un tío mayor, ¿entiendes? En síntesis, la señora Cook nos consiguió un estudio viejo, ruinoso y de mala muerte en la calle Siete. Había sido un estudio cinematográfico en los tiempos del mudo, creo que de la Vitaphone. Ha permanecido vacío desde Hooverville, pero no estaba mal. Necesitaba infinitas reparaciones, pero sería nuestro local.

–Parece muy interesante –reconoció Step–. ¿Cuál es la pega?

Giró la cabeza como quien no quiere la cosa y vio que Dee Dee cuchicheaba con Chili. Se encogió de hombros, molesto.

–La pega es la siguiente –replicó Blackie, con los ojos clavados en la cara de Step–. La señora Cook consiguió un contrato de arrendamiento de seis meses, prorrogable. Eso ocurrió hace dos meses. Desde entonces nos hemos deslomado para poner a punto el local. Y ahora se presenta el agente inmobiliario y dice que lo siente mucho, pero que no hay trato.

–Espera un momento. ¿Has dicho que tenías un contrato?

–Un contrato con todas las de la ley. Después aparece ese tío, Patchett, se presenta y dice que nos larguemos. Dice que la señora Cook olvidó decirle que pensábamos convertir el local en teatro y que eso era deterioro de la propiedad o alguna chorrada por el estilo. Se presenta y lo dice dos meses después: el muy cabrón nos podía haber avisado antes. Nos pusimos verdes de ira y lo mandamos a hacer gárgaras. Y entonces nos amenaza con un requerimiento judicial si no abandonamos el local.

–¿Tienes una copia del contrato?

Polo se incorporó.

–Iré a buscarlo.

Blackie contempló el cabo húmedo del purito hasta que Polo regresó. Step procuró no mirar a Dee Dee y tuvo la sensación de que ella lo observaba. Polo le entregó el documento. Le echó un rápido vistazo y vio que era un contrato estándar sin añadidos.

–No me entendáis mal. No sé mucho de contratos pero, a

juzgar por lo que he leído, ese tío es bastante arbitrario –como Blackie sonrió, se apresuró a añadir–: No os hagáis ilusiones. Podría perfectamente estar en su derecho. Quiero decir que si realmente no fue informado de que el local sería utilizado como teatro, si no sabía que instalaríais el proscenio, las butacas y todo lo demás, es posible que tengáis problemas. ¿Estás seguro de que no hubo ningún tipo de acuerdo explícito sobre las reformas?

–Jamás lo oí nombrar –Blackie se encogió de hombros.

–Si el arrendamiento fuera a largo plazo, todo funcionaría de otra manera. Tendríais derecho a hacer las reformas necesarias en la propiedad alquilada. Pero con contrato de seis meses... –Step frunció el ceño–. No estoy seguro. Lo consultaré.

–Sería fenomenal –declaró Blackie con respeto–. Step, te lo agradecemos en el alma.

Step guardó el contrato en el bolsillo y se puso de pie.

–No os prometo nada, pero podría hablar con el agente y ponerlo entre las cuerdas. Nunca se sabe.

Chili rió repentinamente y Step se abalanzó sobre él.

–Dime, ¿qué tiene de gracioso?

Chili se mostró dolido.

–¿De qué gracia hablas? ¿No puedo reírme? Step, ¿qué te carcome?

Dee Dee parecía divertirse.

–Tal vez está ofendido porque no le propusimos que se integrara al Grupo. Step, por si no lo recuerdas, estabas fuera –dijo Dee Dee.

–Joder, tío, estás dentro y lo sabes –confirmó Blackie.

Polo carraspeó.

–Step, pensamos poner *Historia de detectives*, de Kingsley. Con un gran reparto.

–Magnífico –comentó Step con acritud–. Guardadme un papel de comparsa.

Y cogió la puerta y abandonó el apartamento.

A tres calles de la casa de Polo, Step entró en un drugstore y marcó el número de teléfono del bufete de abogados de su padre.

–Updyke, Sutter, Sullivan y Gouterman –dijo la telefonista.

–Por favor, quiero hablar con el señor Louis Sutter. Soy su hijo.

–¿Step? –la voz de la eficacia se convirtió en la voz del coqueteo–. Veo que llama el nuevo Marlon Brando. ¿Dónde has estado, forastero?

–Perdona, Natalie, pero tengo prisa.

–Me parece que tu padre está en la biblioteca. Espera un momento.

Louis Sutter logró disimular la sorpresa que le produjo la llamada de Step.

–Creía que todavía estabas en California. Me encontré con ese amigo tuyo... el viejo, no recuerdo su apellido.

–¿Harkness?

–El mismo. Hace unos días me topé con él en la calle y me dijo que estabas en California.

–Acabo de regresar. Papá, quiero consultarle algo, una cuestión legal.

–¿Qué pasa con Harkness? –preguntó su padre, como si no lo hubiese oído–. ¿Es posible que un hombre de su edad siga intentándolo? Lo entiendo en un chaval como tú, pero no en Harkness. ¿Qué edad tiene? ¿Sesenta?

–Papá, no te he llamado para hablar de Harkness. Quería consultarte, en nombre de unos amigos, un problema sobre un contrato de arrendamiento.

–Suéltalo de una buena vez.

Step le expuso la historia del local alquilado para convertirlo en teatro y Louis Sutter lo escuchó.

–No tienen la menor posibilidad –respondió roncamente–. Si tus amigos no fueron lo bastante listos para firmar un acuerdo de reformas, no pueden hacer nada. Ningún inquilino tiene derecho a poner patas arriba un lugar por el mero hecho de alquilarlo seis meses. ¿Qué ocurrirá si ese teatro de lujo fracasa? No hay nada que hacer, Stephen, te has quedado sin caso.

Step suspiró.

–De acuerdo, papá. Gracias por tu ayuda.

–Tranquilo –como Step no colgó, Louis Sutter preguntó–: Dime, ¿qué tal va el oficio?

–Fatal.

–¿Estás sin trabajo?

–Hace cuatro meses que no subo a un escenario. ¿Estás contento?

–¿Necesitas dinero?

Step no respondió. La operadora le pidió que introdujera diez centavos, pero no le hizo caso.

–Te enviaré un cheque –añadió el padre y Step no se opuso.

Salió de la cabina y hojeó el listín de Manhattan hasta localizar la oficina del agente inmobiliario. Telefoneó a Patchett, le dijo que «representaba» al Grupo y preguntó si podía visitarlo. La idea no pareció agradar a Patchett, que a pesar de todo accedió a recibirlo.

La oficina de Patchett se encontraba en un ático de la Setenta y dos Oeste. Era un sitio inmundo y vacío, con una ventana del tamaño de la pared que daba a la panadería de enfrente. Tras un escritorio repleto de papeles inservibles, el agente inmobiliario, un hombre delgado de bigote tieso, permaneció rígidamente sentado en la silla giratoria y tamborileó los dedos al tiempo que oía el alegato de Step. Aunque no se había identificado como abogado, Step interpretaba el papel con suma seriedad.

–Señor Patchett, mis clientes están muy indignados por la arbitrariedad de esta cuestión. Firmaron el contrato de buena fe y si se cree capaz de echarlos en virtud de un tecnicismo...

Patchett carraspeó y el sonido resonó en la habitación casi vacía como una tubería defectuosa.

–Se equivoca –dijo serenamente–. Señor Sutter, a mí no se me ocurrió la idea de echarlos. No se confunda. Le seré sincero, me alegré de alquilar ese local. Los ratones no pagan renta –rió secamente y acabó suspirando–. Estaba convencido de que me había apuntado un tanto alquilando ese viejo estudio, aunque sólo fuera por seis míseros meses. Pero al cabo de unos días Brandshaft se enteró.

–¿Quién?

–Brandshaft. Ya sabe, el de la Agencia Inmobiliaria Brandshaft. Es el propietario del local, ha estado en su poder desde 1929. Parece mentira que una empresa tan importante sea propietaria de semejante tugurio.

–Jamás oí hablar de ellos.

Patchett bajó la mirada.

–Señor Sutter, ¿hace muchos trabajos en este campo? Lo digo porque todo el que se dedica al negocio inmobiliario sabe quién es Brandshaft.

–No, no es mi línea habitual de trabajo –replicó Step–. Sólo represento a unos amigos. ¿Está diciendo que fue Brandshaft quien decidió echarlos?

–No fue la empresa, sino el gran jefe en persona. Edward Brandshaft. Me sorprende que un contrato de cuatro perras como éste llamara su atención. La cuestión es que lo averiguó y acto seguido recibí un telefonazo del despacho de Brandshaft, quiero decir de su despacho particular. Me dijeron que desalojara a esa gente. Por lo que parece, transgrede la política de la empresa. Ninguna propiedad de Brandshaft puede utilizarse para actividades teatrales. Obviamente, puse el grito en el cielo... no estoy en este negocio por deporte. Pero esa fue la orden que recibí.

–¿Por qué? ¿Qué se proponen?

Patchett se encogió de hombros.

–No tengo ni la más remota idea. Sólo sé que el gran Brandshaft le tiene tirria a los teatros y a los actores. Usted parece una buena persona y le daré un dato: si presenta una denuncia no tendrá la menor posibilidad de lograr nada. Lo que quiero decir es que los asesores legales de Brandshaft se la harán pasar canutas.

Step se frotó el cuello.

–¿Es por rencor?

–Digamos que sí –Patchett giró la silla para mirar por la ventana y se golpeó el muslo con un lápiz–. Señor Sutter, tal vez podamos llegar a un acuerdo.

–¿Qué tipo de acuerdo?

–Me refiero al contrato que firmó su cliente. Podría anularlo haciendo algunas presiones. Usted sabe que es así. ¿Y si lo dejamos correr? Supongamos que su cliente lo mantiene durante el tiempo que queda y nos limitamos a cancelar la prórroga. ¿Qué le parece?

–¿De qué serviría? No podrán hacer funcionar un teatro en cuatro meses.

–Le aseguro que me hago cargo del problema, pero lo que

le propongo es mejor que nada, ¿verdad? Estamos a principios de junio. Cuando llegue septiembre, se largan sin resentimientos. Sin líos ni jaleos. ¿Qué opina?

Step se mordió el labio.

–No sé de qué sirve, pero se lo diré a mis clientes.

–Se lo aconsejo –añadió Patchett, y se secó las manos en las rodilleras del pantalón. Se incorporó y sonrió afablemente. Tenía un diente de oro a uno y otro lado de la boca–. Señor Sutter, no nos guardemos resentimientos. ¿De acuerdo? Tal vez en otra ocasión podamos hacer negocios juntos.

–Tal vez –dijo Step.

Encontró a Blackie y a Polo en el Child, en la Cuarenta y seis. Lo escucharon en medio de un sombrío silencio mientras relataba su charla con Patchett. Blackie dijo:

–Vaya ganga. Dentro de cuatro malditos meses volveremos a estar en la calle.

–Lo lamento, Blackie, hice todo lo que pude.

–Step, nadie te considera responsable –intervino Polo con afabilidad.

Blackie soltó una maldición y dio un puñetazo en la mesa de tapa rosa.

–¡Brandshaft! ¿Quién demonios es Brandshaft? ¿Qué cuernos tiene contra nosotros?

–No va contra vosotros, sino contra todos los actores. Por lo que dijo Patchett, detesta el teatro. Debió de quemarse con un foco.

–Me encantaría hacerle arder. Me gustaría freírlo en aceite. Me lo imagino, un tío gordo y viejo, con intereses creados, un tripón de aquí al cielo, un cigarro en su jeta asquerosa...

–E insignia de rotario –apostilló Polo.

–Sí. Y Kiwanis. Y diente de alce en el chaleco.

–Traje de chaqueta cruzada –intervino Step–. Dobla cuatro veces el pañuelo y lee el *Wall Street Journal.*

–*Time* –Polo rió–. Y el *Reader's Digest.* Vive en las afueras, en Scarsdale.

–En Darien –opinó Step–. Todas las mañanas coge el tren de las ocho cero dos, puntual como un reloj. Conduce un Buick.

–Un Cadillac –lo corrigió Blackie–. Un Cadillac larguísimo y de aletas altas. Aunque no sabe nadar, tiene piscina. Todas las mañanas va andando al despacho y llama a eso hacer ejercicio. Todavía odia a Roosevelt.

–Toma Sen-Sen –Polo rió.

–Bebe cócteles anticuados con montones de fruta –Blackie también rió–. Tiene un joven criado filipino. Va al lavabo para limpiarse los dientes con un palillo.

Step se sumó a la alegría general.

–Padece gota. Sufre de hipertensión. Es forofo de los Yankees.

Lo estaban pasando pipa. Rieron hasta hartarse y salieron al crepúsculo de Broadway cogidos todos del brazo.

3

La invitación llegó una semana después. Estaba toscamente garabateada en una hoja de papel cartón y decía:

Estás invitado a la
FIESTA DE LA VENGANZA
Trae tu plan más diabólico
Fecha: 25 de junio - Hora: 20.30
Lugar: Teatro del Grupo de Actores
Víctima: Edward C. Brandshaft

Step soltó un bufido al leer la nota. Sabía que no era una fiesta, sino un velatorio. Es posible que en otra ocasión le hubiese restado importancia y hubiese tirado la invitación. Pero ahora evaluó las circunstancias y decidió asistir. No sólo por Dee Dee, le dijo a su imagen reflejada en el espejo mientras se afeitaba, esa historia estaba cumplida. Su cara cubierta de espuma blanca le devolvió una mirada cínica.

Guapo, pensó. Pero, ¿qué era lo que Maseford había dicho? Ah, que no era teatralmente guapo. Tenía la nariz demasiado pequeña, los ojos muy claros y la mandíbula bien formada, pero no claramente definida. En el teatro la belleza era superior a la vida misma; si alguna vez Step se había hecho la ilusión de pertenecer al grupo de los ídolos del público, ya podía olvidarlo. Los tiros iban por otro lado. Había alguna diferencia, cierta cualidad. Acercó la cara al espejo y de pronto se sintió vulgar, pedestre.

En el tocador reposaban un pañuelo limpio, el llavero, los gemelos de oro (la insignia del club de estudiantes aún brillaba) y la cartera. Esta última le permitió sentirse mejor. Pensó en Blackie, en los demás y en el lugar de la fiesta y retiró los billetes crujientes. Separó treinta dólares del dinero que le había enviado su padre y los guardó en la cartera de piel de cerdo; el resto lo metió en el cajón de la ropa interior. ¿Para qué correr riesgos?

Camisa limpia, corbata nueva y traje recién planchado. El efecto general, mejor dicho, lo que vio en el manchado espejo de cuerpo entero del ropero, le gustó. Lo último fueron los zapatos, los zapatos con genial plataforma empotrada que sumaban casi cuatro centímetros a su metro setenta y cinco.

Era bueno salir... incluso para asistir a un velatorio.

Decidido a ahorrar dinero, caminó cuatro calles. Después lo tentó la luz amarilla del techo de un taxi.

Cuando el taxi paró frente a las señas que le había dado Blackie, Step se asomó indeciso por la ventanilla y pensó que se había equivocado. La calle estaba desierta y llena de camiones de frutas y verduras aparcados. La mayoría de los edificios albergaban almacenes, algunos abandonados, con las ventanas rotas y la entrada tapiada. En ese momento divisó el edificio de estuco sin ventanas, en cuya entrada se apilaban cajas de embalaje vacías, y supo que había encontrado el «Teatro». Se apeó, pagó la carrera y caminó hacia la puerta.

Supo que había dado con el sitio cuando oyó la música. Era jazz progresivo, palpitante y de bajo grave; reconoció la gutural voz de barítono de Mulligan y el dulce *staccato* de la trompeta de Miles Davis. Recorrió un oscuro pasillo que apestaba a viejas meadas y a desinfectante y, finalmente, encontró la entrada del estudio.

Era una habitación pelada, de tamaño equivalente al del gimnasio de una escuela pequeña. Si el suelo de madera hubiese estado enmoquetado e instaladas las butacas se habría creado una sensación de sala íntima. Tal como estaba parecía desangelado, despojado, el esqueleto de otra cosa. En el otro extremo del estudio la puerta comunicaba con una zona más reducida y cerrada. Allí se apiñaban las cosas y las personas; caminó hacia ese sector, reparando primero en las cosas. Se trataba de muebles sueltos: un escritorio desvencijado, con los bordes curvados por el paso del tiempo, y dos teléfonos desconectados. Al lado había otro igual, coronado por una antigua Remington. Un tercer escritorio de metal verde opaco estaba arrinconado contra la pared y servía de plataforma al tocadiscos portátil del que salía la música. Había tres sillas giratorias y varias más fijas, algunas ocupadas. Al aproximarse, divisó con claridad otros objetos: un reloj eléctrico con el cable enrollado alrededor de la esfera demasiado grande, un archivador, un perchero y, aunque parezca incompatible, un refrigerador de agua. Esos objetos llamaron su atención más que las personas que asistían a «la fiesta».

Blackie acudió sonriente a su encuentro, con un whisky con soda y hielo en la mano. Llevaba una camisa de cuadros con las mangas subidas hasta los bíceps, sin corbata. Step se retorció dentro de su mejor traje.

–Hola, abogado –lo saludó Blackie–. Pasa y verás a la pandilla.

–Vaya local –comentó Step–. ¿Para qué sirven todas estas cosas?

–Son accesorios –explicó Blackie e hizo una mueca. Al pasar pateó la pata de una silla giratoria–. Ahora sólo es chatarra. Forman parte del *attrezzo* de la obra.

–*¿Historia de detectives?*

–Exacto. ¡Que alguien baje la música! –gritó Blackie en dirección al tocadiscos.

Step vio que Polo, ataviado con una camisa de raso de color rojo fuego, giraba un botón. Con la mano de Blackie sobre el brazo, se dejó guiar hacia la mujer que se encontraba sentada con las piernas cruzadas en una silla plegable y charlaba animadamente con Chili Alvarez. La mujer volvió la cara hacia ellos, y la sonrisa poblada de dientes se encendió como una bombilla. De buenas a primeras, Step la etiquetó de «joven». Diez pasos después se vio obligado a revisar el cálculo. Está a uno u otro lado de la marca del medio siglo, por mucho que su vestimenta, su peinado y el maquillaje correspondieran a la novísima generación. Blackie le susurró.

–Es la señora Cook, la mujer de la que te hablé. Sé amable –alzó la voz hasta que su tono fuese audible y añadió–: Amigos, ha llegado el ilustre abogado. Florence, recordará que le dije...

–Por supuesto –extendió la mano y le dedicó una coqueta mirada. Sus ojos eran acuosos y la sombra turquesa que cubría sus párpados los teñía con el color del mar. Tenía el cutis terso y liso; las huellas de la edad eran más sutiles que las arrugas. Cabía la posibilidad de que bajo una luz menos impía, la iluminación del estudio consistía en cuatro bombillas, se la considerara atractiva–. Step, encantada de conocerte –dijo con voz gutural–. Blackie me ha hablado de ti, sobre todo del encuentro que tuviste con el desagradable señor Patchett.

–No es mala persona –opinó Step–. Sólo intentaba ganar unos pavos. De todos modos, no pude hacer casi nada.

–No tiene importancia –se encogió de hombros–. Creo que la abogacía es una profesión fascinante, ¿no? Diría que un actor puede tener mucho éxito en su práctica. Al fin y al cabo, es una especie de ejercicio teatral.

–Lo que yo he visto no es así. Es posible que algunos de los abogados que participan en los juicios se diviertan.

–Tengo entendido que tu padre es...

–Sí, exactamente, es abogado. Y de los que asisten a juicios. Si alguna vez quiere ver una pésima representación, pésquelo actuando. Habla con un tono monótono. Ni siquiera esgrime un dedo ante los testigos.

–¿Nunca dice: «Dónde estuvo anoche...»?

–Jamás. Sólo machaca, machaca y machaca. Mi padre es así. Lo más gracioso es que gana la mayoría de los casos.

–Ya está bien de monopolizar a mi amigo –dijo Blackie con la pesada mano en el omóplato de Step–. Nos gustaría que viera al resto del Grupo. Florence, ¿verdad que le parece bien?

–Por supuesto –sonrió como una niña–. Nos veremos más tarde, ¿he, Step?

–Sin duda.

Siguió a Blackie y saludó a los demás.

Estaba Vincent Whiting, que presidía el bar improvisado en un rincón del estudio abandonado y preparaba copas con la solemne precisión de un borracho. Step sólo había visto a Vince Whiting en una ocasión, desde el entresuelo de un cine en el que se intentaba, sin éxito, revivir el drama en vivo y en directo. El aspecto de Whiting era el de alguien que ya no puede resucitar, su blanca cabellera tenía el color del estaño enrojecido y su perfil desgastado semejaba una caricatura de Barrymore. Whiting fue lo bastante sensato como para no estrecharle la mano; se limitó a hacer una gentil reverencia en dirección a Step cuando Blackie los presentó. En cuanto se alejaron, Step planteó la pregunta que estaba en la mente de todos.

–¿Vince? –preguntó Blackie–. Pues no lo sé. Alguien pensó que era bueno incluir su nombre en el programa. Además, el Grupo necesitaba un par de tíos mayores. Así entró Harkness.

–¿Vendrá Harkness esta noche?

–Prometió venir. Dime, Step, ¿es uno de tus grandes amigos?

–En una ocasión le hice un favor –replicó Step con pesimismo–. Eso creo.

También estaba presente Sammy Schultz, que se había negado tajantemente a cambiarse de nombre para actuar en el teatro. Sammy era delgado, enjuto y fuerte de músculos y voz, un pelirrojo con más temperamento que mal genio. Era el cómico, el bromista, el mimo del grupo y tenía una facilidad extraordinaria para imitar voces. Aunque no era fácil tratar con él, algo había que reconocerle: nunca se cabreaba.

–Ya conoces al resto de la pandilla –dijo Blackie y abarcó la sala con un ademán.

Step siguió el gesto: sí, conocía a Polo y lo consideraba un tipo repugnante. También conocía a Chili, el latino apuesto, y envidiaba su prestancia y los buenos términos en que se relacionaba con Dee Dee. ¿Y Dee Dee? Miró a Blackie.

–Ya vendrá –el director sonrió–. Step, Dee Dee ya aparecerá.

Dee Dee llegó casi dos horas después, llevando a rastras al anciano Harkness. Step estaba tan borracho que casi no se enteró. La señora Cook lo había arrinconado contra la pared y le arrancaba la concisa pero romántica historia de sus estudios de Derecho. Había clavado en él sus ojos acuosos y el penetrante aroma de su perfume daba paso al olor a polvo y yeso seco del viejo estudio. Cuando intentó escabullirse, ella lo sujetó del brazo y soltó un chillido de protesta. En alguna parte una voz masculina gritó un nombre y por toda respuesta recibió una serenata de risotadas. Blackie acudió en auxilio de Step y separó la mano de la mujer de la manga de su chaqueta. Reía y se secaba la boca chorreante con el dorso de la mano.

–Vamos, abogado –dijo–. Venga, Step, únete a la juerga.

Sammy Schultz empujaba el escritorio de metal hacia el centro de la sala. Chili Alvarez saltó sobre la tapa, se encajó la mano derecha dentro de la camisa y posó como una estatua. Blackie intentó sujetarlo de los tobillos y Chili bajó riendo.

–¡Ya está bien, ya está bien! –se impuso Vince Whiting, dio un puñetazo sobre el escritorio y el metal retumbó como los truenos de los efectos especiales–. Se reúne el Comité de Venganza. Se abre la sesión...

–¿Qué hace ese vejestorio? –preguntó Chili.

–¡Silencio! –Blackie alzó los brazos–. Ya lo has oído. Se abre la sesión del comité. Pongamos en práctica los procedimientos parlamentarios.

–¿Quién es el presidente? –la señora Cook rió.

–Yo, ¿quién otro iba a serlo?

–No es justo –protestó Polo y tiró del brazo peludo de Blackie–. Blackie, debería ser Harkness, da el tipo.

Harkness, cuya suave melena blanca formaba una corona en torno a su cuero cabelludo sonrosado, se ruborizó y protestó a desgana.

–No, no, yo no –rió nervioso–. Ya no estoy para esos trotes.

–Venga, venga –lo animó Sammy con impaciencia, tirándole del brazo.

–Déjalo en paz –pidió Dee Dee–. ¿No te das cuenta de que está cansado?

–No es culpa mía, tesoro, yo no lo cansé.

–¡Vamos, señor Harkness, pórtese como un caballero! –lo animó Chili.

Harkness lo miró y luego clavó los ojos en el rostro de Step. Éste no supo qué hacer, por lo que sonrió para tranquilizarlo. Harkness tosió y se incorporó. Tomó asiento en la silla giratoria situada ante el escritorio y, con sus sillas plegables, los demás formaron un cerrado semicírculo delante de la mesa. Dee Dee no parecía dispuesta a jugar y sólo se movió cuando el anciano le sonrió. Blackie se detuvo solemnemente delante del escritorio y declaró:

–Señor presidente, el objetivo de la reunión de esta noche consiste en evaluar modos y maneras de vengarnos de Edward Brandshaft, ese parásito degenerado, filisteo y chupasangre...

–¡Oídlo, oídlo! –gritó Sammy.

–... que voluntariamente, con premeditación y alevosía, se cargó al mejor grupo de teatro de todo el país...

Aplaudieron y Harkness dio una palmada en el escritorio.

–Orden en la sala –pidió con voz solemne–. A partir de este momento la presidencia acepta mociones del hemiciclo.

–¡Matemos al cabrón! –gritó Sammy–. ¡Propongo que lo destripemos y lo descuarticemos!

–¡Silencio! –ordenó Harkness–. La presidencia no tolerará más arrebatos. Señor, tenga la amabilidad de recordar que está en un teatro.

Todos aplaudieron y Step rió. Miró a su alrededor y sintió un súbito y profundo afecto por cada uno de los borrachos presentes. Fue una emoción nueva. Con anterioridad, sólo había experimentado cierto desdén difuso y algo hostil hacia el Grupo. Eran desdichados amantes del teatro, lapas, y no los unía la amistad que se basa en el mutuo respeto sino el lazo del fracaso común. En seis años de intentos, Blackie Daggert, el «director», tenía un éxito y un fracaso en su haber; había ocupado el resto del tiempo con un puesto de guía de autocares para turistas y con una interpretación ocasional de machote para anuncios televisivos de cigarrillos. Polo, Dee Dee y Sammy Schultz jamás habían pisado un escenario como profesionales, y Chili ni siquiera llegaba a aficionado. A decir verdad, en una ocasión Vince Whiting había merecido el cartel de «estrella»... allá por 1928. Warren Harkness había trabajado regularmente para la radio, representando el papel de padre bueno y torpe en una comedia familiar, hasta que se inventó la televisión.

Eran fracasados y el denominador común era la amargura. En ese momento, Step Sutter consideró que reunía las condiciones para asociarse a ese club y dejó de juzgarlos con tanta severidad. No eran mala gente, en absoluto.

–La presidencia concede la palabra a Sammy Schultz –dijo Harkness.

Sammy se puso de pie y sonrió de oreja a oreja.

–Tengo un plan diabólico realmente sencillo. Bastará con que telefoneemos al viejo Brandshaft y le digamos que la mafia se ha fijado en su empresa inmobiliaria. A continuación le enviamos por correo un par de Manos Negras...

Blackie lo interrumpió con un ademán:

–No digas disparates. Es un truco absurdo.

–Pues plantea algo mejor –lo desafió Sammy–. Vamos, ¿acaso no eres el director? Dinos algo inteligente.

–¡Un momento, un momento! –Polo alzó su voz aguda para reclamar la atención de todos–. ¡Ya lo tengo, tíos, lo tengo!

–La presidencia concede el uso de la palabra a Polo Dobek.

–Solía hacerlo de pequeño. ¡Era divertidísimo! Propongo que lo llamemos por teléfono y le digamos: «¿Señor Brandshaft? Lo llamamos del Servicio de Aguas de Nueva York. Lamentamos comunicarle que los próximos cinco días quedará interrumpido el suministro de agua en su domicilio. Por tanto, si quiere beber, darse un baño o cualquier otra cosa, más vale que llene todos los cazos y ollas que tenga a mano». –Polo se echó a reír como un tonto y se sujetó los lados del cuerpo.

Los demás se desternillaron de risa.

–Es una chiquillada, una chiquillada –se mofó Chili–. Llevémoslo a algún callejón.

–¿Y tú qué dices, Step? –preguntó Blackie–. ¿Se te ocurre alguna trastada legal que valga la pena?

–Lo siento, pero en este momento me he quedado vacío de planes diabólicos.

–Necesitamos algo *poético* –intervino Vince Whiting–. Algo que encaje con el crimen. Había pensado en un programa de donaciones...

–¿Un qué?

–Un falso programa de donaciones. Podemos hacer correr la voz de que Brandshaft donará cinco mil pavos a todo aspirante a actor que quiera perfeccionar sus aptitudes interpretativas. Ya sabéis, algo semejante a las becas Guggenheim. Se verá rodeado de más condenados actores que aquellos a los que puede dejar sin contrato de arrendamiento...

–Es muy indirecto –opinó Blackie críticamente–. Hay que encontrar algo más simple.

–¿Quieres ir a por todas? –preguntó Dee Dee lánguidamente–. Supuse que sólo se trataba de una broma.

–Hablaba en serio –Blackie frunció el ceño–. ¿Por qué no? ¿Por qué el cabrón tendrá que salirse con la suya?

La muchacha sonrió desganada.

–Si pensara que habláis realmente en serio, propondría que le montáramos la vieja escena sexual...

–Sí, sí, es ideal –estalló Chili y batió palmas–. Blackie, ¿no lo captas? Le echamos a Dee Dee encima, como anzuelo, y luego nos abalanzamos sobre el hijo de mala madre...

–¡Un momento! –se defendió Dee Dee–. No lo dije en ese sentido.

La señora Cook rió como una colegiala.

–En mis tiempos lo llamaban el juego del tejón.

–¿Cómo?

–Ya sabéis. Una chica seduce a un hombre, lo lleva a su casa y entonces aparece el marido. Sólo que, en realidad, no tiene por qué ser, necesariamente, el marido.

–¡Es un truco genial! –Sammy soltó una carcajada.

Harkness carraspeó y comentó con sensatez:

–Me parece que os vais por las ramas.

–Un momento –intervino Vince Whiting y se contagió del espíritu general–. Una vez asistí a un espectáculo que tenía que ver con detectives privados. La idea era la misma pero, en lugar de cargarse a la víctima, organizan las cosas para que haya una pelea, una pelea con armas de fuego.

–¡Lo tengo! –se entusiasmó la señora Cook–. A la hora de la verdad es un truco, ¿no? El arma no está cargada con balas auténticas.

–Eso es. Pero el pobre cabrón cree que ha matado al marido de la chica. Así es como lo chantajean. Cuando descubre que sólo se trata de una estafa, ya es demasiado tarde para reaccionar.

–Llamando al capitán Braddock –Blackie rió–. Estáis como cuatro cabras.

–No me parece tan disparatado –Sammy defendió acaloradamente la idea–. Es como representar, ¿no? Los estafadores son actores, ¿verdad, Step? –Step lo miró inexpresivamente–. ¿Cómo se llamaba aquel tipo apodado Actor?

Step se encogió de hombros.

–No sirve, tío –dijo Polo y se rascó la mejilla–. Ya nadie se traga ese tipo de historias. Hay demasiada publicidad. La televisión se ha cargado el negocio.

–Eso dices tú –Chili sonrió–. ¿Qué me dices de esa piojosa

escuela de actores a la que asististe, donde te prometieron un papel en...?

–Es distinto.

–¡Y un huevo! Se quedaron con tu pasta, ¿no? Escúchame bien, en el momento y en el lugar propicios, todos somos novatos. Ya sabes lo que dijo Barnum. ¿Estoy en lo cierto, Step?

Miraron a Step como si sus estudios de Derecho lo convirtieran en especialista en estafas y estafadores. Pese a que tenía problemas para mover la lengua, Step logró decir:

–Diablos, no lo sé. Pero será difícil engañar a un tipo como Brandshaft, un ricachón, un hombre de negocios.

–Comparto su opinión –coincidió Polo–. Por más que te lo propongas, es imposible hacer funcionar un truco tan arcaico.

–Pues podríais ponerlo al día –dijo la señora Cook entusiasmada–. ¿O no? Quiero decir que podríais hacerlo si realmente os lo propusierais.

–¿Qué significa ponerlo al día?

–Si alguien pensara realmente que mató a alguien, podría huir, entregarse a la policía o adoptar otra actitud. Tomemos como ejemplo a Brandshaft, que probablemente sabe lo que hace. Es posible que contratara a un abogado listo para que lo sacara del apuro.

–¿Y? –preguntó Blackie, escrutando el rostro de la señora Cook. En el purito que sostenía entre los dedos se había formado una larga ceniza.

–Podríais hacerlo de un modo distinto. Quizás hasta tengáis que arrestarlo. No quiero decir arrestarlo de verdad, bastará con simularlo.

Se hizo un repentino silencio que inquietó a Step. No supo a qué se debía hasta que vio que Vince Whiting se levantaba y caminaba hacia un embalaje de cartón dejado en un rincón.

El actor lo pateó ligeramente y dijo:

–Hay *esto,* por supuesto. Señora Cook, ¿se refiere a estas cosas?

–¿Qué contiene? –quiso saber Step.

–Unos pocos accesorios –respondió Blackie afablemente–. Y varios trajes. Un par de uniformes de polis, cortesía de Brooks. Señora Cook, ¿se refería a esto? Digamos que, en el caso de que alguien quisiera montar un truco como éste, podría usar los uniformes de policía y detener a la víctima. Hasta podría trasladarlo a alguna parte.

–Es factible, ¿no? –la mujer sonrió como una profesora satisfecha porque sus alumnos han comprendido la lección–. Creo que así sería más convincente.

–Y después, ¿qué? –preguntó Chili–. ¿Toca torturarlo?

–Ni hablar de eso –intervino Blackie–. No hay por qué acabar la historia en ese punto. ¿Por qué no seguir hasta el final? ¿Por qué no trasladarlo a una falsa comisaría y ficharlo por asesinato? ¡Así le meteremos el miedo en el cuerpo!

–¡Y luego a la cárcel! –exclamó Sammy con creciente entusiasmo–. Podríamos tenerlo preso tanto tiempo como quisiéramos...

–¿Qué significa ese podríamos? –preguntó Vince bruscamente.

–Es una hipótesis, una hipótesis –lo aplacó Blackie–. Sólo estamos hablando. Suena interesante. Vale, digamos que lo encerramos. Y después, ¿qué?

–Está chupado –la señora Cook rió–. Después lo soltáis, organizáis su fuga, pero tendrá que pagar.

–¿Pagar? ¿Cuánto?

–Eso –corroboró Polo–. ¿Cuánto?

Warren Harkness carraspeó al otro lado del escritorio verde. Declaró con suma seriedad:

–En mi opinión, alguien que cree que su vida está en peligro está dispuesto a pagar una cifra elevada a cambio de su libertad. Y un hombre muy rico...

–Una fortuna –suspiró Sammy–. Podría pagar una fortuna. ¡Un millón de dólares!

–Estás loco –dijo Dee Dee–. No existe un millón de pavos.

–Es la idea más delirante que he oído en mi vida –opinó Polo asqueado–. El mero hecho de mencionarla es una locura. Algo así... bueno, es una producción.

–Sería como una obra de teatro, ¿no? –preguntó la señora Cook y sonrió detrás de su vaso de whisky con soda y hielo–. Igual que una obra, pero sin público.

–Es verdad. Y la estrella ni siquiera sabría que es la estrella...

–Y la taquilla... –dijo Chili y aspiró aire–. Pensad en la taquilla. ¡Un millón de dólares libres de impuestos!

–Caray, podríamos comprar una sala –Sam rió entre dientes–. Podríamos comprar dos salas. Ya no tendríamos que buscar tugurios como éste.

–Y podríamos ir a París –murmuró Dee Dee–. Todos podríamos estudiar en París.

–¡O en México! –intervino Polo, que súbitamente decidió sumarse a la algarabía general–. Tíos, en México tienen grandes escuelas de actores. Chili y yo hemos hablado del tema. ¿No es verdad, Chili?

–Claro, claro –Chili parecía pensativo–. Pero no estoy seguro de que sería eso lo que haría si tuviera dinero. Ocurre que me gusta vivir en Nueva York. Es aquí donde quiero estar. En un ático sobre Central Park, sin preocuparme por la renta, por las malditas audiciones, por los almuerzos en el drugstore...

–En cierto sentido, se haría justicia –declaró Vince Whiting–. Se haría justicia poética si un tipo como Brandshaft, que odia el teatro, pagara nuestras carreras.

–Tío, es toda una secuencia onírica –dijo Polo; se palmeó la frente y se despatarró.

Todos guardaron silencio.

Step, que había escuchado esa disparatada charla con una mueca parecida a una sonrisa, quebró el silencio y dijo:

–Os diré una cosa. Yo seré su abogado, ¿vale? Intentaré sacarlo del apuro, pero soy un pésimo abogado, todos lo saben. De modo que tendrá que comprar su libertad. Así conseguiremos la pasta. Blackie, ¿qué opinas? –miró al director, que bufó divertido–. ¿Me das el papel? Tío, necesito trabajo –rió estentóreamente, pero nadie se sumó a sus carcajadas.

–Volveremos sobre el tema –dijo Blackie.

4

Pasaron dos semanas antes de que Step Sutter volviera a encontrarse con un integrante del Grupo de Actores. Era un hecho bastante insólito, ya que deambulaban por las mismas calles, comían en los mismos restaurantes baratos, se presentaban a las mismas audiciones y frecuentaban los mismos drugstores y cafeterías. Step no los volvió a ver hasta que Blackie Daggert le telefoneó a la pensión y le preguntó si podía ir a verlo. Step dudó pero, como estaba ávido de compañía, respondió afirmativamente.

Blackie no se presentó solo. Step parpadeó al ver que detrás del director iba Dee Dee Monahan, con una sonrisa soñolienta que tenía algo de extraño y agresivo. Aceptaron el trago que Step les ofreció y Dee Dee se dirigió a un rincón de la sala para echar un vistazo a la colección de discos. Blackie ocupó la única silla cómoda, pero se sentó tenso en el borde y no probó una sola gota de alcohol. Estaba con ganas de hablar y Step era todo oídos.

–¿Recuerdas la reunión? –dijo.

Step asintió con la cabeza.

–¿Recuerdas de qué hablamos, los disparates sobre esas estafas, las chorradas que dijimos?

–Escucha, Blackie.

–Espera y no me interrumpas. Abogado, dentro de un rato tendrás un turno de preguntas y respuestas, pero ahora calla. Yo hablo y tú escuchas. ¿De acuerdo?

Step aceptó las reglas del juego.

–La historia es la siguiente –dijo Blackie y se echó hacia adelante–. Nos fuimos a eso de las cuatro de la madrugada. Hablamos sin parar de esa idea de locos, pero no en serio, sólo por divertirnos. Fue muy gratificante, ¿entiendes lo que quiero decir?

–¿Y?

–Y punto. Ya no pensamos en esa historia, la olvidamos. Pero ocurre que ahora no nos parece tan disparatada. Step, creemos que podemos llevarla a la práctica, de verdad. Estamos en período de reclutamiento y te necesitamos –señaló con el dedo, como hacía en los carteles un Tío Sam de pelo negro y mejillas azuladas.

–No lo entiendo –dijo Step.

–Ya lo entenderás. Te darás cuenta en cuanto conozcas la historia –sonrió en dirección a Dee Dee y dijo–: Ven.

La muchacha se volvió lentamente, sujetando con suavidad un disco entre las yemas de los dedos. Se acercó con una sonrisa soñolienta.

–Cuéntaselo –pidió Blackie–. Dee Dee, cuéntale lo que nos dijiste. No te saltes ni una coma.

Step contempló el rostro de Dee Dee, que se sentó en el borde del sofá cama y abrazó el disco contra el pecho.

–Fue fácil –aseguró–. No sé por qué armáis tanta alharaca. Fue coser y cantar.

–¿De qué hablas?

–Un par de días después de la fiesta me puse a pensar en lo que habíamos hablado. No sabía si iba en serio. Con ese grupo nunca se sabe, ¿verdad? –rió–. Me había quedado sin pasta, lo que en mí no constituye ninguna novedad. Pensé que debía buscar trabajo. De mecanógrafa o algo por el estilo. Me dije: ¿Por qué no en la Agencia Brandshaft? Tal vez yo podría poner en marcha el plan.

Step se agarró a los laterales de la silla.

–Sea como fuere, me vestí de punta en blanco y fui a visitar al jefe de personal de la empresa. Resultó ser una zorra vieja y avinagrada. Pregunté si tenían puestos administrativos y me respondieron que siempre les interesaban taquígrafas y personal por el estilo y que si quería rellenar una solicitud... –frunció graciosamente la nariz–. Como no deseaba perder más tiempo, me largué, pero di vueltas por el edificio hasta la hora de comer.

Blackie rió expectante.

–Alrededor de la una subí al piso veinticuatro, donde está el despacho privado de Brandshaft. Es una planta enorme, con montones de escritorios en el medio. Los despachos de los ejecutivos rodean la zona del edificio que da a la calle. No había nadie, salvo un par de chicas junto al refrigerador de agua. Enfilé hacia el despacho de Brandshaft como si fuera mi lugar de trabajo y entré. Nadie me cortó el paso. No está mal, es una oficina revestida en madera. Incluso dispone de un pequeño lavabo privado –rió–. Me lavé la cara y media hora después apareció el viejo en persona –Dee Dee jadeó, remedando a una ingenua sorprendida–. Le dije: «¡Ay, disculpe, debo de haberme equivocado!». Tendrías que haberle visto la cara. Reconozco que en el lavabo me había desabrochado algún que otro botón.

Step gruñó.

–¿Qué aspecto tiene Brandshaft?

–Tirando a gordo. No se enfadó ni nada por el estilo. Abrió los ojos desmesuradamente y me miró boquiabierto. Sonrió como un chico encantador y dijo: «No se preocupe. ¿Puedo ayudarla en algo?». Le dije que sí, que era mecanógrafa en paro, que había pensado que ese era el despacho del jefe de personal y que al ver el lavabo se me ocurrió arreglarme un poco... Sonrió comprensivo y me dijo que estaba equivocada, que el departamento de personal se encontraba más arriba. «Ojalá fuera la oficina del jefe de personal», comenté como Annie la huerfanita. «Usted es mucho más amable que la mayoría de los jefes de personal» –Dee Dee disimuló una risita–. A partir de ese momento todo salió a pedir de boca. Hablamos sobre jefes de personal, patrones y secretarias y reímos constantemente. Brandshaft incluso mencionó su vida hogareña. Me dijo que era viudo –pestañeó–. ¿Quieres que te diga una cosa? Se siente espantosamente solo.

Blackie se palmeó las rodillas.

–Es perfecto –aseguró–. Por todos los santos, Step, ¿no lo ves? El tío está maduro, a punto de caer del árbol.

–¿Conseguiste el puesto? –preguntó Step.

–Me envió a la planta alta –respondió Dee Dee–. Telefoneó personalmente a la vieja zorra y le dijo que yo estaba a punto de llegar. A la vieja no le sentó bien, pero el lunes empiezo a trabajar.

Step se levantó y quitó el disco a Dee Dee. Caminó hasta el estante y lo guardó. Se volvió y miró a sus amigos.

–De acuerdo, conseguiste el puesto. ¿Y qué?

–Que así supimos que puede funcionar –Blackie sonrió–.

Cuando Dee Dee nos lo contó, supimos que estábamos en condiciones de hacerlo. Step, comienza la producción del espectáculo. El Grupo se ha apuntado masivamente. Abogado, causará sensación, causará una gran sensación. Será la más grande producción de la que hayas oído hablar y la de mayor rentabilidad: un millón de pavos. Un abultado millón. ¿Me entiendes? –como Step guardó silencio, Blackie rió–. Sé que parece un disparate y lo más gracioso es que es lo bastante delirante como para funcionar. Hemos planeado todo lo que pudimos, pero aún queda mucho por hacer: detalles, algún que otro asuntillo. Y lo haremos, Step, puedes estar seguro. Culparemos de asesinato a Brandshaft.

Step chasqueó la lengua.

–Blackie, no te entiendo. No puedo creer que habléis en serio.

–Hablamos en serio, ya lo creo –sonrió–. Si no me crees, echa un vistazo al reparto.

Se llevó la mano al bolsillo y sacó una hoja amarilla plegada, manchada de grasa y ajada por frecuentes manipulaciones. Entregó el papel a Step, que leyó:

EL CRIMEN DE EDWARD BRANDSHAFT

La secretaria	Dee Dee Monahan
El amigo	Chili Alvarez
Primer policía	Polo Dobek
Segundo policía	Sammy Schultz
Detective	Blackie Daggert
Fiscal del distrito	Vince Whiting
Juez	Warren Harkness
Abogado	Step Sutter
El asesino	Edward Brandshaft

Step leyó dos veces el reparto antes de devolverlo. Sonrió afablemente y dijo:

–Blackie, te estás quedando conmigo. No podéis hacer semejante disparate. Tú mismo lo has dicho: es una locura.

–Seguro, ¡ya lo creo! Step, creo que ésta es la razón por la que el plan es tan bueno. Por su extravagancia. Por eso es posible que funcione de maravilla.

–¡Pero si hay un millón de problemas! ¿Estás seguro de que morderá el anzuelo? ¿Estás seguro de que Dee Dee logrará despertar su interés? Incluso podría venirse abajo en ese punto.

–Estamos seguros de lo que acabas de decir.

–Aunque ella lograra... enredarlo, ¿qué ocurrirá después?

–Creo que debes conocer la adaptación de la obra antes de tomar una decisión.

Step suspiró.

–Suelta el rollo.

Blackie sonrió con avidez.

–Primer acto. Chico conoce chica. Con la salvedad de que el chico no es un chico, sino Edward Brandshaft. La chica es una bella y joven secretaria que trabaja en su empresa. Es encantadora, se siente sola y está dispuesta. Escena siguiente en el apartamento de la chica. Todo marcha sobre ruedas hasta que alguien revienta la puerta. Es Chili, su apasionado amante latino. Él ya le avisó lo que haría si se liaba con otro. Se lo advirtió. Ella le suplica, pero Chili está demasiado cabreado para escucharla. Desenfunda el arma. La acecha y comete el error de dar la espalda a Brandshaft. Éste intenta arrebatarle el arma, forcejean, suena un disparo... y Chili cae muerto al suelo. Brandshaft está aterrorizado, quiere huir, pero la chica se lo impide. Sabe que escapar no servirá de nada, que ella puede identificarlo. La mujer llama a la policía. Los agentes llegan y detienen a Brandshaft. Telón.

Blackie miró a Step con cara de niño travieso, como si aguardara sus aplausos.

–Segundo acto. Meten a Brandshaft en el asiento trasero del coche patrulla y lo trasladan a comisaría. Protesta y dice que lo hizo en legítima defensa. Reclama su derecho a tener un abogado. Se le concede. Telefonea a su abogado. Su letrado es abogado de la empresa, abogado de hombres de negocios, pero no está dispuesto a dejar a su cliente en la estacada. Se compromete a enviar al señor Brandshaft *el mejor criminalista de Nueva York.*

Ese comentario hizo que Step se incorporara de un salto.

–Un momento, Blackie, aquí es donde tu plan se va al carajo...

–Step, guarda las críticas para después. Déjame terminar.

–No saldrá bien porque es en este punto donde la farsa no

se sustenta. Os veo capaces de lograr otras cosas... tal vez..., pero en este punto...

–Por favor, déjame terminar –suplicó Blackie.

Step se sentó sin dejar de protestar.

–Sea como fuere, se presenta el mejor criminalista de Nueva York para hacerse cargo del caso. Ése eres tú, idiota. Lo único que pretendes es ayudarlo. Vas a por todas. Realmente quieres ayudar al pobre gilipollas. El único problema es que es un caso muy difícil. Todo apunta a un asesinato a sangre fría. Y por si fuera poco, por una mujer. Tururú. Haces lo imposible por él. Cuando comparece ante el juez Harkness para que presente la acusación, te sacas de la manga todos los trucos de tu repertorio leguleyo. No sirve de nada. Es acusado de homicidio con premeditación, lo que significa que será procesado. Fin del segundo acto. Step, ¿qué pasa?

–Tiene más agujeros que los quesos suizos –mascullò Step–. Tu plan hace agua por todas partes.

–Es verdad –reconoció Blackie alegremente–. Quizá podamos taponar los agujeros. Escucha el tercer acto: el pago. Brandshaft se pudre en una celda mientras espera que los engranajes de la ley comiencen a girar. Cada día que pasa está más desanimado, sobre todo porque su abogado le da noticias cada vez más desalentadoras. Parece que todo está perdido hasta que... Hasta que tú lo vas a ver con una oferta sorpresa. Puedes acordar algo poco limpio, pero que le permitirá librarse de ese maldito asunto. Brandshaft queda azorado. ¡Lo que sea, lo que sea!, dice. Le adviertes que le costará un pastón. ¡La cantidad que sea!, dice. ¿Incluso un millón de dólares? Al oír la cifra parece echarse para atrás, pero enseguida recuerda la silla eléctrica. ¡Sí, aunque cueste un millón!, exclama. Le explicas el trato. Parece que la mujer, Dee Dee, está dispuesta a modificar su declaración... a reconocer que fue ella la que disparó si Brandshaft suelta la pasta. Está dispuesta a presentar el alegato de que fue en defensa propia a cambio de un millón de dólares. ¿Aceptará Brandshaft? Step, ya conoces la respuesta. Nadie ama el dinero más que a su vida. Aceptará, ya lo creo; aceptará aunque le cueste un millón de dólares. Y en cuanto entregue el dinero será hombre libre. La obra está a punto de concluir. Sólo falta una escena. El Grupo se divide el botín y coge el primer avión rumbo a París, México, Acapulco, Nueva Zelanda... donde sea. Brandshaft regresa a casa y se pregunta qué demonios ocurrió, pero ya es demasiado tarde para reaccionar.

Blackie dejó de hablar y acabó su copa con tres tragos largos. Se limpió la boca con su mano peluda y añadió:

–Quiero oír tus objeciones.

–No sé por dónde empezar...

–No hay nada mejor que por el principio.

–De acuerdo. Digamos que Dee Dee convence a Brandshaft de que vaya a su apartamento. Chili entra como un huracán. ¿Por qué estás tan seguro de que Brandshaft intentará apoderarse del arma? ¿Y si mete la cabeza bajo el ala?

–No padezcas. Dee y Chili se cerciorarán de que Brandshaft se interponga entre ambos. Step, es una cuestión de dirección, no tienes de qué preocuparte.

–Entonces te mencionaré otro punto inquietante. Si Brandshaft sabe algo de leyes, está enterado de que no pueden acusarlo de homicidio con premeditación por la muerte del amante de Dee Dee. Evidentemente, fue un acto no premeditado. Lo cometió por el ardor de la pasión, con el arma del asesinado. Blackie, ningún tribunal lo consideraría homicidio con premeditación.

–Ve más despacio. ¿No hay modo de convertir esa situación en un caso de homicido con premeditación?

–No he dicho eso, pero en este sentido tu plan tiene muchas pegas. En mi opinión, sería considerado como un homicidio por imprudencia o involuntario... incluso homicidio excusable.

–Pero podríamos convertirlo en homicidio con premeditación, ¿eh? Un genio como tú podría encontrar la solución.

Step se retorció en la silla.

–En primer lugar, Chili debería ser su marido en lugar de su amante. En el caso de que no fuera la primera vez que Brandshaft visita el apartamento de Dee Dee, existiría la presunción de adulterio. Si modificaras la propiedad del arma, haciendo que fuera de Dee Dee en lugar de pertenecer a Chili, parecería que existe connivencia. El busilis consiste en crear la atmósfera de premeditación. Supongo que, a partir de esos datos, un fiscal de distrito con tres dedos de frente podría presentar una acusación de premeditación.

–Genial –Blackie sonreía radiante de felicidad–. Chico, sabía que sin ti no podíamos dar un paso. Plantea el siguiente problema.

–¿De dónde coño sacarás un patrullero?

–No sería difícil preparar un coche normal. Bastará con un poco de pintura. Podemos elegir un Ford igual a los que ahora utiliza la bofia.

–¿Y la comisaría? ¿Pintaréis un montón de apartamentos y montaréis un decorado?

–No vas muy desencaminado –Blackie sonrió– Dime, ¿qué es una comisaría? Una oficina llena de muebles y de gente. Por si no lo recuerdas, pensábamos montar una comisaría en el escenario para representar *Historia de detectives.* Tenemos casi todo el *attrezzo*, sólo nos falta el lugar.

–¿Dónde la instalarás?

–Step, ¿has estado alguna vez en una comisaría?

–No.

–¿Dónde queda la comisaría más próxima a tu casa?

–No tengo ni idea.

–Casi nadie lo sabe. Y te diré algo más. En el West Side hay una comisaría que antes fue un edificio privado de piedra arenisca parda. Hay otra en una antigua sinagoga. El año pasado los polis vaciaron una y el edificio fue comprado por la Asociación Cristiana de Jóvenes. Se puede montar una comisaría en cualquier parte. Pensamos instalar la nuestra en la primera planta del edificio de piedra arenisca parda donde Vince Whiting ha vivido los últimos cinco años. Pondremos un par de luces en la puerta, pintaremos cuatro carteles y así tendremos la Comisaría 102. ¿Crees que Brandshaft notará la diferencia?

–¿Y qué haréis con la cárcel?

–Plantea más problemas. Tendremos que pagar para conseguir el decorado de una cárcel. Ayer consulté el precio del decorado que utilizaron en 1930 para *La última milla.* El tío pide trescientos pavos. Pero lo conseguiremos más barato –dejó el vaso sobre la mesa y se sujetó las rodillas–. Step, plantéatelo de la siguiente manera. ¿Qué pasaría si te ocurriera a ti? ¿Qué ocurriría si estuvieras realmente convencido de que cometiste un crimen, un asesinato? Insisto en que si lo creyeras realmente. Estarías conmocionado, ¿no? Cuando los polis te detienen y te llevan a comisaría para interrogarte, ¿se te ocurriría pensar que te están tomando el pelo? Jamás. Estarías demasiado acojonado y perturbado como para sospechar que es un camelo. Creerías todo a pies juntillas. Te lo tragarías, hombre, es inevitable. Estarías tan preocupado por tu situación que no tendrías tiempo para hacer preguntas embarazosas. Te aseguro que es la psicología de la situación.

–Pero el asunto del abogado... Has dicho que Brandshaft querrá llamar inmediatamente a su abogado...

–De eso no hay duda. Y le permitiremos que haga la llamada. Pero no llegará a su destino. El teléfono estará amañado, ¿me sigues? La llamada irá a parar a la centralita que nosotros mismos montaremos en el último piso de la comisaría. Y el que responda a esa llamada no será el abogado de Brandshaft... sino un imitador convincente: Sammy Schultz.

–¿Sammy?

–Ni más ni menos. Sammy imitará la voz del abogado, ya sabes que es perfecto para estas cosas. Sammy se comprometerá a enviarle ayuda y ahí entras tú. Step, eres la clave de este plan porque te convertirás en la única tabla de salvación de Brandshaft. Sudarás la gota gorda para sacarlo del aprieto, pero no lograrás nada. No avanzarás ni un ápice hasta que le des la sorpresa del millón de pavos. Te aseguro que es un plan perfecto. ¡Perfecto!

Step estaba a punto de creérselo. Rechazó la tentación y siguió buscando pegas. Enseguida creyó que había dado en el clavo.

–Espera, Blackie, creo que ya sé dónde falla tu proyecto. Partes del supuesto de que puedes incorporar a Brandshaft al reparto de tu obra sin que nadie se entere ni se preocupe. Y no es así. Tienes que contar con el resto del mundo, su familia, sus amigos, sus socios.

–¿Crees que no lo hemos considerado? –Blackie sacó del bolsillo de la camisa una pequeña libreta de direcciones, de piel verde–. ¿Crees que no investigamos al tío antes de trabajar seriamente en el plan?

–¿Qué averiguasteis?

–Tenemos un breve informe que aún no está completo. En primer lugar, Brandshaft es viudo. Su segunda esposa murió hace diez años. La primera se largó con un actor... quizá fue ese asunto lo que explica su odio hacia el teatro. Tiene una hija, Victoria, de veinticuatro años. Actualmente sigue un curso de Psicología para postgraduados en el Medwin College de Massachusetts y vive en el campus. Pasa en casa aproximadamente dos semanas al año. Regresó a Medwin hace quince días para el semestre de verano. No volverá antes del día de Acción de Gracias o de Navidad. Brandshaft vive en Park Avenue arriba, en compañía de dos criados, un matrimonio mayor. Por lo que sabemos, tiene hábitos regulares, pero oímos un par de rumores que indican que no sería la primera vez que se lía con una mujer...

–¿Cómo lo averiguasteis?

–Tenemos espías –Blackie rió–. Step, estamos bien organizados. De todos modos, aún no sabes lo más importante.

–¿Sí?

Blackie estaba orgulloso de sí mismo.

–Todos los años, en julio o en agosto, Brandshaft se pone al volante del Cadillac y sale un mes de vacaciones. Pone rumbo norte y suele parar por Maine, donde abunda la pesca.

–¿Y a qué viene eso? Todo el mundo sale de vacaciones.

–Tienes razón. Todo el mundo tiene derecho a las vacaciones: hasta los millonarios. Sin embargo, cuando Brandshaft sale de vacaciones, no comunica a nadie su itinerario. Quiere verse libre de teléfonos, cartas y conferencias. Se va solo. Step, ¿no te das cuenta de que es una perita en dulce?

–No del todo.

–Cuando le tendamos la trampa a Brandshaft, no tendremos que preocuparnos del resto del mundo porque el resto del mundo no estará pendiente de él. Bastará con que enviemos un mensaje a la Agencia Inmobiliaria Brandshaft para informar de que el jefe se ha ido al bosque. Eso es todo. Supondrán que está de vacaciones. Mientras tanto, se pudrirá en chirona...

–Un momento: aquí hay un punto débil –dijo Step pensativo–. Si Brandshaft se va de vacaciones a Maine en coche, también tendréis que haceros cargo del vehículo. Aunque pensándolo bien, podría ser ventajoso. Si esa noche Brandshaft va en coche al apartamento de Dee Dee, podréis apoderaros del vehículo. Y así eliminaréis la necesidad de inventaros un patrullero. Los polis que arresten a Brandshaft dirán que tienen que retener el coche y viajarán a comisaría en ese vehículo.

–¿Te das cuenta? –preguntó Blackie serenamente, sin triunfalismos–. Si lo piensas, todo tiene solución. ¿No es verdad, Step?

–No será fácil...

–Claro que no, lo reconozco. Pero es a cambio de un millón de pavos y vale la pena tomarse algunas molestias. ¿Qué, te apuntas?

Step miró hacia la ventana desde la que no se veía nada.

–Realmente no se lesiona a nadie. Además, el hijo de puta se merece una buena sacudida por su maldita actitud. En cuanto al dinero, no creo que lo eche de menos...

–Hemos hecho una estimación financiera –Blackie sonrió–. Cortesía de Dun & Bradstreet. Sólo es la décima parte de su patrimonio. Step, como acabas de decir, no se lesiona a nadie.

–¿Se ha apuntado todo el Grupo, Harkness incluido?

–Por descontado, Harkness incluido. Step, es nuestro juez, un papel muy importante.

–Todo esto costará dinero y yo no tengo un centavo.

–¿He hablado de dinero? –preguntó Blackie con tono de agraviado–. ¿Acaso no te he hablado de la señora Cook? Step, financiará la expedición como si se tratara de una obra de teatro. No tienes motivos para retractarte. ¿Te apuntas?

Step vaciló y finalmente respondió:

–Sí, me apunto.

Blackie sonrió y alzó su vaso.

–Necesito hielo.

Mientras Step sacaba hielos del cubilete en la minúscula cocina, Dee Dee entraba, se apoyaba en el fregadero y curvaba el cuerpo en actitud provocadora. Le rozó el hombro con la punta afilada de una uña.

–Tengo las manos mojadas –se justificó Step, pero le rodeó la cintura y besó su boca roja, suave y ávida.

Salieron juntos a la sala.

5

Una semana más tarde Blackie telefoneó a Step:

–¿Quieres ver la comisaría? Te recogeré en media hora.

Blackie lo esperaba en la puerta de la pensión y le propuso que tomaran un taxi. Por regla general, Blackie tenía lo justo para el metro, pero en esa ocasión debió sentirse rico por adelantado. Cuando llegaron a la casa de piedra arenisca parda del barrio de Chelsea, Step se ofreció a pagar la carrera, pero Blackie entregó un billete de un dólar al taxista. La casa estaba perfectamente encajada entre las viviendas de la manzana y sólo se diferenciaba por una pátina algo más herrumbrada. Un pórtico de cinco escalones conducía a la entrada y desde la calle se divisaban ventanas con barrotes. Blackie se detuvo en el primer escalón y señaló la media luna de cristal que coronaba la puerta.

–Ahí pondremos nuestro rótulo –explicó–. Comisaría 102. Montaremos un par de globos de luz a cada lado y nadie notará la diferencia con una comisaría auténtica.

–Tal vez –murmuró Step.

–¿Qué significa ese tal vez? Oye, si te trajeran dos polis uniformados y un par de tíos a los que consideras detectives y vieras escrito ahí arriba Comisaría 102, Departamento de Policía de Nueva York, ¿dónde coño *crees* que estarías? ¿En el cielo?

Step sonrió.

–Anótate un tanto a tu favor –reconoció.

Entraron en el edificio.

Step se llevó una sorpresa mayúscula, no porque no esperara lo que vio, sino porque el efecto era tremendo, innegable. Se dio cuenta de que había subestimado a Blackie y los demás; no los había considerado capaces de desarrollar el ingenio y el tesón necesarios para crear semejante verosimilitud. Al entrar en la casa propiedad de Vince Whiting vio tal mutación que cualquier capitán de comisaría con treinta años de servicio se habría sentido a sus anchas.

La sala se había convertido en despacho de la brigada; la habitación de lo que en otro tiempo fue el dormitorio de Vince Whiting estaba abierta y mostraba un resquicio de un despacho interior. Habían aprovechado todos los accesorios que acumulaban polvo de yeso en el viejo estudio de la calle Siete. En el centro de la habitación grande instalaron el escritorio viejo y desvencijado, con dos teléfonos encima. Junto a la ventana había otro escritorio cubierto de documentos inútiles. Por la puerta entreabierta Step divisó una esquina del escritorio de metal verde: evidentemente, era el sanctasanctórum del teniente Bruno. Delante de cada escritorio había sillas giratorias y a los lados otras de respaldo recto; junto a las paredes se encontraban cuatro sillas más. Quizá lo más impresionante eran las paredes: de color verde oliva el primer metro y verde claro más arriba; un maestro artesano le había hecho algo a la pintura para conseguir ese efecto de uso y desgaste y de autoridad fría, tajante y desagradable. Había que admitir que los detalles creaban la realidad: la vieja puerta de madera colocada en el umbral; la tabla de estaturas clavada con chinchetas en la pared de la derecha, junto a un estante donde había artilugios para tomar huellas dactilares y, en el techo, una bombilla verde. En la pared del centro colgaba un reloj eléctrico en cuya enorme esfera faltaba el 5, con el cable colgando hasta el enchufe del suelo. Bajo el reloj había un tablón de horarios con letras móviles de celuloide, que en ese momento decía: DE SERVICIO - Tte. BRUNO, Det. COOPER, Det. WALLACE. En la pared de la izquierda se veía un tablón de anuncios ancho y antiguo, con la superficie de corcho tan correosa que prácticamente necesitabas un martillo para clavar las chinchetas. Estaba lleno a rebosar de carteles de SE BUSCA, fotos de personajes con pinta de duros, entre ellos algunos actores que Step reconoció. Había un fichero con cuatro secciones, dos percheros, de uno de los cuales colgaba un impermeable, y un refrigerador de agua que con anterioridad había visto en el estudio y que ahora contenía agua. La atmósfera poseía lo que Kingsley había denominado «cierto efluvio compuesto de lágrimas, sangre y angustia humana...».

–¿No vas a decir nada? –lo achuchó Blackie y le dio un codazo en las costillas–. Step, ¿qué te parece?

–No sé qué decir. Es endiabladamente convincente.

–¿No te lo decía? ¿No tenía razón?

–Alguien se ha empleado a fondo.

–Sí, Kingsley. Es el decorado de *Historia de detectives,* en el que hemos introducido algún que otro cambio. Puedes apostar el pellejo a que, cuando Papá Warbucks entre aquí, no le cabrá la menor duda acerca de dónde está.

Step tembló.

–Hace un poco de frío, ¿no?

–Ven a ver mi oficina –propuso Blackie.

Atravesaron el despacho de la brigada rumbo a la oficina interior. Estaba escuetamente amueblada con el escritorio verde, la silla giratoria y otra de respaldo recto. Había una librería metálica y una mera ojeada a los títulos convenció a Step de que Blackie también había tenido en cuenta esos detalles. Se trataba de viejos manuales de la policía, libros de Derecho, estatutos penales, dos tomos de González sobre Medicina forense. En una pared había un retrato de Abraham Lincoln y, en la otra, otro de J. Edgar Hoover. La foto de Hoover estaba firmada. Sobre el escritorio había un letrero con la siguiente leyenda pintada: Tte. Dominick Bruno. Esa pintura tampoco parecía reciente pues estaba hábilmente descascarillada. Sobre el papel secante reposaban varios informes encuadernados y Step, sabedor de lo que esperaba Blackie, se agachó para leer los títulos. Una etiqueta decía INFORMES COMPLEMENTARIOS DE QUEJAS y la otra RESULTADOS DE LAS PRUEBAS CON BENCIDINA Y PRECIPITINA, OFICINA DEL EXAMINADOR MÉDICO, NUEVA YORK. Step se volvió y percibió el aire de satisfacción en el rostro oscuro de Blackie.

–Dime, Step, ¿qué opinas? ¿No es un trabajo minucioso?

–Blackie, os tomasteis muchas molestias para montar este truco.

–Valdrá la pena, ya lo verás. Espera un momento. Hay otra cosilla, una maravilla que me gustaría mostrarte.

Se frotó las manos y levantó el auricular del teléfono del escritorio. Lo encajó bajo la barbilla y marcó un número, aparentemente al azar. Acercó el auricular a la oreja de Step y le hizo oír los timbrazos. Segundos después, una voz tajante preguntó:

–¿Quién habla?

Blackie respondió:

–¿Myron? Soy Blackie. Sólo quería comprobar si el equipo funciona.

–Funciona perfectamente. ¿Quieres algo más?

–Nada, amigo.

En cuanto Blackie colgó, Step preguntó:

–¿Quién es Myron?

–Nuestro técnico –Blackie sonrió–. Uno de esos colaboradores entre bambalinas que siempre resultan indispensables. Es una suerte que Polo conociera a Myron; ningún integrante del Grupo sabe clavar un clavo. Step, necesitamos a algún «manitas», aunque no esté en el ajo. Además, como la señora Cook paga sus servicios, no nos cuesta un centavo.

–¿La conexión telefónica también está en el edificio?

–En el segundo piso, en el antiguo estudio de Vince. Myron organizó todo: receptor, transmisores, lo que quieras. Cuando Brandshaft telefonee a su abogado hablará con Sammy, que se encontrará por encima de su cabeza. Es un montaje delicioso.

–¿Estás seguro de que es un tío de confianza?

–Polo dice que sí. Es algo rudo, pero a mí me va.

Blackie chasqueó los dedos, cogió el auricular y marcó un número a toda velocidad.

–Sí, ¿qué quieres? –preguntó Myron.

–Myron, estamos a punto de irnos. Si Vince regresa, pregúntale ya sabes qué. Recuerda que no puede entrar nadie.

–Ya lo sé –replicó Myron y su voz sonó cortante.

Mientras bajaban los escalones, Step preguntó:

–¿Qué significa «ya sabes qué»? ¿Es un tecnicismo?

Blackie sonrió.

–Ocurre que no me gusta llamar a esa cosa por su nombre. Vince Whiting cree que podrá conseguir una automática del cuarenta y cinco a través de un amigo que estuvo en el ejército –miró extrañado a Step–. Dime, ¿estuviste en el ejército?

–En la fuerza aérea, del 44 al 47. Y a mí no me mires, amigo, no me traje ningún recuerdo de esa experiencia. Fui oficial de equipo de combate y lo único que hice fue hablar con los aviones. Jamás vi una cuarenta y cinco, salvo durante un entrenamiento.

–Debió de ser una buena experiencia –comentó Blackie distraído–. Me salvé por un pelín de que me alistaran. Por los problemas de pecho, ya sabes –apoyó el puño en su ancha y musculosa caja torácica y tosió delicadamente.

Esa noche Step asistió a un cónclave de lo que Blackie denominaba el Comité de Planificación. Parecía una reunión de negocios, pese a que se celebraba en un entorno tan poco formal como el apartamento decorado en gris, beige y lavanda de Polo Dobek. Blackie era presidente y jefe de la División Comisaría. Vince Whiting estaba a cargo de Prisiones. Víctima de una infección intestinal, Warren Harkness no pudo asistir y su informe sobre la División Magistrado se guardó para una reunión futura. Además de organizar la reunión, Polo estaba a cargo de Detalles. La señora Cook, jefa de Investigación, era la única mujer del comité.

El informe que todos deseaban oír era el de Step, que habló en su condición de vicepresidente a cargo de Asesoramiento Legal.

–Ignoramos qué sabe Brandshaft de leyes –informó–. Por eso no podemos correr muchos riesgos. Ciñámonos al máximo a los reglamentos. En primer lugar, no hay por qué preocuparse del mandamiento judicial porque el proceso legal correspondiente para una detención sostiene que, si el arresto puede realizarse rápida y oportunamente, cabe pasar por alto la formalidad del mandamiento. En cuanto al arresto propiamente dicho, la ley sostiene que quien efectúa la detención debe dar a conocer su jerarquía, mostrar el uniforme y la placa y expresar claramente el propósito del arresto. Debe dar al detenido la oportunidad de entregarse pacíficamente y, en el caso de que no lo haga, está autorizado a apelar a la fuerza.

–Espero que no tengamos que llegar a eso –comentó delicadamente la señora Cook.

Vince Whiting rascó su nariz a lo Barrymore.

–¿Y qué hay de la fianza?

–La fianza no viene al caso. Se trata de una acusación de asesinato, por la que nadie sale en libertad bajo fianza. Aunque quisiera, Brandshaft no podría comprar su posibilidad de salir a la calle. Una vez efectuada la detención, las leyes dicen que es deber de quien la realiza llevar lo antes posible al detenido ante un juez. En este punto las leyes se mueven con cautela. En algunos lugares dice que se lo debe trasladar «lo antes posible», en otros «inmediatamente», en algunos «enseguida», en otros «a la velocidad que convenga» y en otros «sin demoras innecesarias».

–Tenemos un margen amplio –mascullό Blackie.

–Sin duda. Los magistrados no están obligados a tener constantemente abierto el juzgado para acusar a los detenidos. Si quieren, pueden, pero no están obligados. A menudo instruyen causas en sus casas, en bufetes o en otras oficinas... incluso por teléfono.

–No está mal –intervino Vince Whiting–. No tendremos que alquilar la sala de un tribunal.

–Espero que no –repitió la señora Cook–. Tal como van las cosas, está saliendo bastante caro.

Polo reprimió una risilla.

–Lo importante es que las leyes reconocen que los agentes de policía necesitan tiempo y oportunidades para investigar los delitos, para conseguir pruebas suficientes antes de presentarse ante el magistrado que establece los cargos. Podemos retener a Brandshaft días, incluso semanas, antes de presentarlo ante Harkness.

–¿Y eso qué tiene de importante? –preguntó Polo.

Blackie resopló.

–Muchacho, no entiendes la psicología del asunto. Cuanto más tiempo retengamos a Brandshaft, más en ascuas se sentirá. Y cuando le lancemos la acusación de homicidio...

–Las esperanzas –declaró Vince Whiting sonoramente, con los dedos largos entrelazados bajo la barbilla–. El truco está en darle esperanzas. Tenemos que dar esperanzas a Brandshaft para quitárselas después. Es una especie de lavado de cerebro.

–Y ahí entro yo –intervino Step–. En tanto defensor, le haré sentir que no tiene de qué preocuparse... al menos en principio. Luego todo se tuerce. Por mucho que yo me esfuerzo, no podrá escapar a la pena capital.

–Hasta que le des la oportunidad de...

–Step, es mucho lo que depende de ti –aseguró Blackie–. Muchacho, tendrás que hacer una buena interpretación.

–¿Qué pasa con la vista preliminar? –preguntó Vince Whiting–. Tarde o temprano habrá que representarla, ¿no?

Step asintió con la cabeza.

–La ley dice que todo acusado de un delito tiene el derecho básico y fundamental de contar con una vista rápida. Sin embargo, hay circunstancias en las que el acusado, por consejo de su abogado, prefiere aplazar la vista. Pero dudo que a Brandshaft le interese, porque en el examen preliminar se descartan un montón de acusaciones antes de que sean sometidas a juicio.

–En ese caso, tendremos que montarlo –dijo Blackie–. Espero que el viejo dé la talla.

Step lo miró bruscamente.

–¿Por qué no? Harkness es perfecto.

–Por supuesto –insistió Vince Whiting–. Es ideal para el papel, pero a veces el viejo se confunde.

–Lo hará a la perfección –aseguró Step tajantemente–. Yo mismo lo prepararé.

Llegó el turno de la señora Cook, cuyo tema era Investigación.

–Lo he traído todo –dijo y revolvió su enorme bolso–. Intenté mecanografiarlo, pero no es lo mío.

–Tranquila, señora Cook, no es una cuestión de pulcritud.

Blackie intentó hacerse con los papeles que la mujer extraía del bolso, pero la señora Cook sonrió maliciosamente, alejándolos de su alcance.

–No, no, prefiero leerlo yo –siguió cavando y sacó una funda para gafas de *petit point*–. Sólo las uso para leer –explicó con sonrisa afectada y se puso las gafas.

Empezó a leer, desconcertada por los errores del texto mecanografiado:

–Edward C. Brandshaft, nacido en 1904 en Worcester, Massachusetts, hijo de Herbert Pennington Brandshaft y de Martha Copley, de Boston. En 1928 contrajo matrimonio con Harriet Rice, destacada actriz de la época. Se divorciaron en 1930. En 1934 volvió a casarse con Stelle Mansville Rigsby. Tiene una hija, Victoria Manning, nacida en 1935. La segunda esposa murió en 1948. Brandshaft es propietario y presidente de la Agencia Inmobiliaria Brandshaft, de la ciudad de Nueva York, con sucursales en Chicago, Detroit y San Francisco. Es socio de varios clubes, la Union League de Nueva York y Chicago, y el Merchant's Club. Ex presidente de la Asociación Neoyorquina de Agentes Inmobiliarios. No tienen ningún *hobby*.

Blackie rió.

–Señora Cook, podríamos haber sacado esos datos del *Quién es quién*. ¿Eso es todo?

–Hay muchos más, querido, ten paciencia. Por ejemplo, ¿sabéis que el señor Brandshaft se psicoanaliza?

–¿Habla en serio? –preguntó Blackie.

Polo soltó otra risilla.

–Hombre, no sabía que estaba tocado por la angustia. ¡Imaginaos a Papá Warbucks tendiéndose en el diván!

–Desde enero tiene dos sesiones semanales con el doctor Granik –la señora Cook estaba encantada de sí misma–. ¿No os parece interesante?

–Tal vez –dudó Blackie–. ¿De qué puede servirnos?

–Nunca se sabe –intervino Step–. En tanto que abogado, puedo decirle que no quedará bien que durante el juicio presenten como prueba un informe sobre su salud mental.

Blackie se hurgó la nariz pensativo.

–Es una posibilidad. Señora Cook, ¿qué más ha averiguado?

–Deduzco que Brandshaft y su hija no se llevan muy bien. Tienen algún problema.

–¿De qué tipo?

–No sé, pero la gente habla. La chica rara vez va a su casa, siempre encuentra alguna excusa. En este momento sigue un curso de Psicología en el Medwin College de Massachusetts. Pasará allí todo el verano.

–Es el sitio más conveniente para ella –decretó Blackie–. ¿Qué puede decirnos del abogado de Brandshaft?

–Ah, sí, el abogado. Como sabéis, Brandshaft utiliza los servicios legales del bufete de Hannah y Prentiss, pero prefiere a Jerome Hannah. No es fácil obtener datos sobre el señor Hannah, ya que no se presta a la publicidad personal. Pero no son amigos, es una estricta relación de negocios. Por lo que averigüé, ese abogado es un hombrecillo repulsivo y de voz gangosa.

–No sirve de mucho –se lamentó Blackie–. ¿No tiene un proyecto o un interés digno de mención? ¿Aparece alguna vez en público, pronuncia discursos, da conferencias o algo así?

–Que yo sepa, no. Ah, un momento, acabo de recordar algo: Hannah es fanático de la navegación. Tiene un velero y participa en regatas en las inmediaciones de Larchmont. ¿Sirve de algo?

–Podría –replicó Blackie fríamente–. Podría ser el tipo de dato que necesitamos.

Step estaba desconcertado.

–Blackie, no sé dónde quieres ir a parar. ¿Qué tienen que ver las aficiones de Hannah con todo esto?

Polo rió disimuladamente.

–Step, no te tomas en serio a Blackie. Lo tiene todo atado y bien atado. Busca el modo de que Sammy Schultz pueda acercarse al abogado, ¿no es así, Blackie?

–Digamos que sí. Si pretendemos que Sammy imite correctamente la voz de Hannah, necesita material de estudio. Supusimos que bastaría con que Sammy tuviera una grabación magnetofónica de su voz. Y este asunto de la vela puede servir. Si Sammy hace acto de presencia simulando ser reportero de una revista de navegación como *Yachting*...

–Quiero avisaros algo –advirtió la señora Cook–. Por lo que he averiguado, Hannah es un hueso duro de roer. Decidle a Sammy que tenga cuidado.

–Señora Cook, todos debemos tener cuidado. ¿Qué hay de las vacaciones? ¿Está todo resuelto?

–Sí, pero creo que hay una pega.

–¿Cuál?

–La oficina. Es harto improbable que Brandshaft se largue y después avise de que se ha ido de vacaciones. Siempre las organiza al dedillo, avisa a sus empleados mucho antes de irse. No es su estilo esfumarse sin aviso previo.

–No podemos hacer nada.

–Tal vez sí. Si Dee Dee ha hecho progresos...

–Los ha hecho –respondió Blackie y entrecerró los ojos–. ¿Por qué?

–¿Por qué no dejamos este asunto en las hábiles manos de Dee Dee? Si le hace bien el juego al señor Brandshaft, podría alentarlo para que se tome las vacaciones cuando nosotros queramos.

Blackie parpadeó sin entender.

–¿No te das cuenta? –la señora Cook sonrió–. Dee Dee convencerá a Brandshaft para que haga lo que a ella le dé la gana, ¿no? Mejor dicho, podrá convencerlo en cuanto se hagan... amigos. Podrá fijar la fecha de las vacaciones ofreciéndose a acompañarlo.

Blackie dejó de parpadear y esbozó una sonrisa.

–Claro, lo acompañará a Maine cuando ella quiera.

–A no ser que esté equivocada, no creo que sea la primera vez que va a pescar sin permiso...

–Saldrán de la casa de ella –comentó Blackie como si estuviera soñando–. Dee Dee le pedirá que la recoja en su apartamento. ¿Por qué no? Es de una lógica aplastante.

–Sabía que la idea te gustaría –declaró la mujer con suficiencia.

La expresión de Blackie era aprobadora.

–Señora Cook, es usted un ángel en más de un sentido.

–Blackie, te agradezco el cumplido.

–¿Tiene algún dato más en sus notas?

–Bueno... –se quitó las gafas–. Blackie, no sé si es el mejor momento, pero podríamos analizar estos gastos –consultó la última hoja que tenía en las manos y volvió a ponerse las gafas. El contorno de su boca se endureció, lo mismo que su tono de voz–. Es el último extracto de cuentas que me enviaste y hay algunos puntos que me gustaría discutir.

–Adelante –replicó Blackie y guiñó el ojo a Step–. Le explicaré encantado todo lo que no entienda.

–Hay una factura de impresos por setenta y cinco dólares. ¿A qué tipo de impresos corresponde?

–Ah, a diversos tipos, señora Cook, a diversos tipos. Por ejemplo, a parte del material que utilizamos en el decorado de la comisaría. Y al periódico que inventamos. Sabe que hubo problemas y que Myron tuvo que alquilar una Minerva.

–Y este asunto del equipo eléctrico, me refiero a los cables, los relés y lo demás. ¿A qué se debe?

–Material para la conexión telefónica, señora Cook, ya se lo expliqué.

La mujer frunció los labios.

–Y el decorado de la cárcel... –señaló la jaula con la mano–. ¿No es excesivo pagar doscientos cincuenta dólares por un decorado teatral en desuso?

–Fue lo que costó, señora Cook. Intenté regatear, pero fue el último precio. Y las otras cosas que figuran en la cuenta... bueno, señora Cook, tuvimos que hacer esos gastos, nadie intenta timarla. Si cree que es excesivo para su bolsillo, tal vez sea mejor que demos por terminado el trabajo.

–No seas ingenuo –lo regañó la mujer–. Blackie, hace años que administro mi dinero y no soy tonta. Cualquiera se daría cuenta de que te cobran de más por casi todo. Creo que en lo sucesivo será mejor que me consultes antes de autorizar más gastos.

Blackie agitaba la lengua dentro de la boca.

–A mandar, señora Cook.

La mujer se quitó las gafas y las guardó en la funda de *petit point*. Su expresión se suavizó y sonrió a Step encantadoramente.

–Señor Sutter, ¿está preparado para convertirse en el gran criminalista? –preguntó.

Antes de que Step respondiera sonó el teléfono en el dormitorio del piso de Polo. El joven rubio se incorporó para responder. Se asomó y dijo que era para Blackie. Cuando pocos minutos más tarde salieron juntos del dormitorio sus expresiones pletóricas de entusiasmo provocaron preguntas por parte del Comité de Planificación.

–Era Dee Dee –informó Blackie y se secó las palmas de las manos en el tejano–. Logró escabullirse unos minutos del despacho para llamarnos.

–¿Del despacho de Brandshaft? –Vince Whiting consultó la hora–. Son más de las siete. ¿Qué hace allí a esta hora?

–Trabaja hasta tarde –Blackie sonrió–. Tío, que no te aclaras. Hace horas extraordinarias.

6

Step pasó la tarde siguiente en la celda.

Entró a propuesta de Vince Whiting y autorizó a Polo a cerrar la puerta con barrotes de acero. Polo rió como una chiquilla al ver a Step en la jaula y giró la llave en la cerradura. Step se paseó por el reducido espacio, se sentó en la litera donde había un colchón de crin de cinco centímetros, caminó hasta el pequeño lavamanos adosado a la pared y probó la instalación. Del grifo no salió agua. Regresó a la puerta, aferró los barrotes y los sacudió para comprobar su solidez. No hicieron el menor ruido.

Whiting miraba sin divertirse.

–Step, ¿qué opinas? ¿Se parece a una celda de verdad?

–No soy experto en estas lides –replicó Step secamente.

–Pues la fabricó un experto –Whiting cogió la llave de manos de Polo y la introdujo en la cerradura–. Se creó para una obra de un solo acto titulada *El valiente.* La consiguió Myron.

–¿Quién?

–Seguro que lo recuerdas, el tramoyista de Provincetown.

–Ah, sí, el especialista en teléfonos.

–No hay otro igual –Whiting abrió la puerta y la golpeó con los nudillos–. Parece puro acero, pero no lo es. El interior es de láminas de contrachapado y está revestida de chapa. Myron dice que quien la fabricó sacó el modelo de un manual de construcciones penales –Whiting esbozó una ligera sonrisa–. Por lo que sé de Myron, no me sorprendería que hubiese dibujado personalmente los planos a partir de conocimientos directos. Myron es un pájaro de cuidado.

Step abandonó la celda y, pensativo, miró hacia atrás.

–Aquí será encerrado Brandshaft. Supongo que quedará convencido si el decorado es correcto. ¿Qué pasa con la instalación sanitaria?

–Nos ocuparemos de que funcione. Lo más esencial... bueno, es harina de otro costal. Brandshaft tendrá que utilizar los servicios del local, acompañado por un guardia.

–Ese soy yo –Polo rió entre dientes–. Soy el carcelero.

–Suponía que hacías de primer policía.

–Claro, hombre, pero ya sabes cómo son las cosas. Tendremos que desdoblarnos.

–No creemos que vaya a notarse demasiado –añadió Whiting–. Cuando vea por primera vez a Polo, Brandshaft estará conmocionado. Pensamos que no lo reconocerá cuando lo vea por segunda vez, en la cárcel. Y si lo reconoce, tampoco pasa nada. Un poli es un poli, ¿no?

Step frunció el ceño.

–No es eso lo que me preocupa.

–Entonces, ¿qué es lo que te preocupa?

–¿Dónde pensáis instalar vuestra pequeña celda? No podéis dejarla en el estudio. ¿De dónde sacaréis el edificio de la cárcel?

–Ése es problema de Blackie –replicó Vince Whiting sonriente.

Una hora después, Blackie Daggert convocó a ensayo.

Sólo había tres actores: Step, Vince Whiting y Warren Harkness. Decorados y guiones brillaban por su ausencia. En su papel de magistrado, Harkness estaba sentado ante una mesa de madera llena de marcas, con las manos cruzadas sobre la tabla. Con cara de palo, Vince Whiting permanecía sentado en una silla plegable, como una marioneta a la espera de que alguien tire de las cuerdas. Step estaba demasiado nervioso para sentarse; deambuló de un lado a otro mientras Blackie se disponía a asumir las funciones de director.

–Todo listo –dijo Blackie por fin, se dejó caer en una silla de lona y estiró las piernas–. Ensayaremos desde el principio. Step, haz el favor de sentarte. Warren, empieza.

Harkness carraspeó y se ruborizó como un escolar a quien obligan a recitar públicamente. Habló en tono demasiado bajo para el gusto de Blackie. El director le chilló y volvió a empezar.

–Ejem. Según las declaraciones firmadas del acusado, entiendo que el asunto en cuestión no es su culpabilidad o inocencia en la muerte de John Rodriguez. El acusado reconoce haber dado muerte a Rodriguez en el apartamento de la señora Rodriguez, que se hace llamar Delores Mason. Tal y como muestran los hechos comprobados por el señor Harlan Grant, fiscal de este distrito, queda demostrada la coincidencia definitiva con los datos básicos de las declaraciones. El difunto fue abatido con una pistola automática del calibre cuarenta y cinco y el acusado no se resistió a la detención. Sin embargo, el tema en cuestión se refiere a la categoría que ha de darse a este homicidio confesado, a fin de presentar, si cabe, cargos. Si durante esta vista preliminar el tribunal llega a la conclusión de que las declaraciones del acusado son veraces, se dictará un veredicto de homicidio justificable, en cuyo caso no se presentarán cargos contra el acusado. Si el alegato no es aceptado, será tarea de esta vista determinar la acusación que corresponda. Además de homicidio justificable, existen los cargos de homicidio con premeditación, involuntario e inocente o intencionado. De acuerdo con la declaración del fiscal del distrito Grant, la fiscalía tiene la intención de demostrar que dicho asesinato fue consecuencia de un homicidio con premeditación. Señor Grant, presente su alegato –Harkness señaló con la cabeza a Vince Whiting.

Blackie Daggert no cabía en sí de entusiasmo.

–Genial –opinó y unió las manos en un aplauso mudo–. Vamos, Vince, es su turno.

A pesar de que durante el parlamento de Harkness se había retorcido las manos y había clavado la mirada en el suelo, Whiting se puso en pie con un extraordinario dominio de sí mismo.

–Su Señoría, a la fiscalía le habría resultado fácil creer a pies juntillas en la situación trágica que desembocó en la muerte de John Rodriguez. No sólo fácil, sino deseable en virtud de que supone el destino de un hombre de la reputación social de Edward Brandshaft –se volvió hacia Blackie e hizo una ligera reverencia–. Sin embargo, luego de una minuciosa investigación de los hechos, quedó de manifiesto que nos enfrentábamos a algo mucho más complejo que la mera defensa de una mujer en apuros. Nos proponemos demostrar, fuera de toda duda, que la muerte de John Rodriguez no fue consecuencia de la caballerosidad del acusado, sino de una unión desatinada y vergonzosa entre una joven codiciosa y un hombre lo bastante mayor como para ser su padre...

Blackie dio patadas, gritó simulando la reacción de Brandshaft y el «magistrado» asestó un puñetazo a la mesa de madera. Blackie sonrió y calló.

–Necesitaré un martillo de verdad –dijo Harkness y guiñó el ojo–. Ruego al acusado que se abstenga de protestar. Abogado, le hago responsable de la conducta de su cliente.

–Sí, Su Señoría –murmuró Step.

–Adelante, señor Grant.

–Gracias. Sostenemos que las circunstancias perfiladas en las declaraciones del acusado son una falsedad compuesta de verdades a medias y evasivas. Si Su Señoría lo permite, me gustaría describir las circunstancias reales tal como las reconstruimos a partir de una minuciosa investigación. El 18 de junio Delores Mason empezó a trabajar en la Agencia Inmobiliaria Brandshaft. De acuerdo con el testimonio de su superior inmediato, Robert Seaton, el jefe de personal administrativo, la señorita Mason es una trabajadora incompetente, incapaz de cumplir satisfactoriamente con sus obligaciones. Según el señor Seaton, el señor Brandshaft no sólo insistió en que continuara en el puesto, sino que solicitó sus inútiles servicios para trabajos nocturnos de mecanografía.

–Señor Grant, ¿tiene la declaración del señor Seaton?

–Sí, Su Señoría. Presento como prueba la declaración del señor Robert Seaton.

Whiting entregó la nada y Harkness la cogió. Fue una pantomima excelente: Harkness se subió las gafas para examinar el documento invisible y torció el gesto.

–Después de dos semanas de favoritismo, los trabajadores de la Agencia Inmobiliaria Brandshaft se dieron cuenta de que la señorita Mason no era una empleada más...

–Protesto –se apresuró a decir Step–. A no ser que el señor Grant también tenga declaraciones del personal, se trata de una presunción.

–Se acepta la protesta –respondió Warren Harkness con tono grave.

–De todos modos –prosiguió Whiting–, se convirtió en un hecho habitual que Edward Brandshaft y su... su colaboradora administrativa disfrutaran de una buena cena después de sus esfuerzos. Poco después, el señor Brandshaft llegó a la conclusión de que ya no necesitaba la excusa de trabajar hasta horas intempestivas para contar con la compañía de la señorita Mason y extendió la rutina a otras noches. En el transcurso de un mes estaban relacionados en términos extremadamente íntimos.

–Protesto –repitió Step–. El fiscal del distrito insinúa una «aventura» entre el señor Brandshaft y la señorita Mason y exigimos pruebas de esa alegación.

–Su Señoría, no tenemos fotos tomadas a medianoche ni testigos presenciales que den testimonio de la relación ilícita entre este hombre de cincuenta y seis años y esta jovencita de veinticinco...

–¡Protesto!

–Retiro mis palabras. Aunque no tenemos declaraciones de testigos oculares del hecho de autos, sí tenemos pruebas de que, si aún no estaba en curso, indudablemente estaba en perspectiva la posibilidad de una aventura –Vince Whiting alzó la voz triunfal–: Porque el acusado omite total y deliberadamente una cuestión. ¡La noche misma de la muerte de John Rodriguez, Edward Brandshaft y su amiga se habían citado para pasar un mes entero en algún punto de Maine!

Blackie hizo ruido y Harkness golpeó con el martillo imaginario.

Step se puso en pie.

–Su Señoría, exigimos que, antes de proseguir, el fiscal del distrito presente pruebas de dichas alegaciones...

–Señor Vorhees, pronto tendrá pruebas si me permite proseguir. Demostraremos sin el menor atisbo de dudas que habían concertado una cita la noche misma del asesinato de John Rodriguez.

–Protesto.

–Aceptada.

–... La noche de la muerte de John Rodriguez. Como parte de las pruebas, le remito a la declaración de Robert Seaton, según la cual la fecha en que Edward Brandshaft iniciaba sus vacaciones anuales y la fecha en que Delores Mason comenzaba su permiso para ausentarse son exactamente la misma.

–Protesto. Las coincidencias no sirven como pruebas.

–Es posible –reconoció Whiting afablemente–. Pero disponemos de nuevas pruebas que pondrán de relieve el significado de esa fecha, pruebas que mostrarán que la cita entre Brandshaft y la señorita Mason fue el origen del asesinato premeditado que tuvo lugar la noche del 10 de agosto.

Whiting hizo una pausa y Step lo miró con cara de idiota. Blackie Daggert refunfuñaba tras ellos.

–Venga, reacciona –lo incitó–. ¿Qué demonios esperas?

Step se incorporó lentamente.

–Su Señoría, protesto por la presentación de este alegato. Si existen nuevas pruebas, solicito respetuosamente que se conceda a la defensa la oportunidad de examinarlas antes de su presentación ante la vista.

–Su Señoría, conseguimos esas pruebas hace unas horas. Figuran en la declaración que Delores Mason hizo esta mañana y solicito autorización para leerla.

Con el rostro encendido, Whiting extrajo del bolsillo un documento imaginario.

–¡Su Señoría! –gritó Step–. Reclamo la oportunidad de leer la nueva declaración...

Harkness imitó a la perfección a un juez enojado.

–Señor abogado, no se está celebrando un juicio. Sólo pretendemos averiguar si hay que presentar alguna acusación contra su cliente. No entiendo por qué la fiscalía no nos puede informar simultáneamente de la declaración de la señorita Mason –inclinó la cabeza hacia Whiting, que lo contemplaba por encima de las gafas bifocales–. Señor Grant, proceda a leer la declaración.

–Muchas gracias, Su Señoría –Whiting sonrió y esgrimió la hoja invisible–. «Por la presente, yo, Delores Mason, deseo modificar mi primera declaración relativa a la muerte de mi marido, John Rodriguez. Mi marido no pretendía hacerme daño cuando Edward Brandshaft, mi patrón, le disparó. Sólo quería impedir que me fuera a Maine con el señor Brandshaft. Mientras hablábamos, el señor Brandshaft se dirigió al dormitorio y cogió la pistola que yo guardo en mi casa. Sabía que la tenía porque, en una ocasión anterior, se lo había mencionado. Regresó a la sala y disparó, y mató deliberadamente a mi marido. Firmado: Delores Mason.»

Whiting dirigió la mirada a Harkness y, a renglón seguido, a Step.

–Su Señoría –añadió–, presento como prueba la declaración de Delores Mason.

Whiting tomó asiento y recibió como recompensa los aplausos de Blackie.

–¡Perfecto, Vince, has estado impecable! –gorjeó Blackie–. ¡Causará sensación!

Después del ensayo, el director llevó a Step a un aparte:

–¿Qué te pasa, Step? Me parece que no pusiste toda la carne en el asador.

–Blackie, hago lo que puedo. Tal vez no estaba preparado para esta improvisación. Quizá deberías hacerme un guión, como a Polo y a Sammy.

–No necesitas guión. Lo que te falta es un poco de temple. ¿O acaso el asunto te quita el sueño?

–Puede que un poco.

–Es lógico, teniendo en cuenta que la semana que viene estrenamos. Step, te aseguro que el plan es infalible...

–Hay un par de cosas que todavía no veo claramente. Por ejemplo, el decorado de la cárcel. Aún no me has dicho dónde lo pondrás. ¿Cómo trasladaréis a Brandshaft a la cárcel cuando salga de la comisaría?

La blancura de la dentadura de Blackie resaltó contra el tono azul oscuro de las mejillas y su mentón.

–Es posible que esta noche te dé la respuesta. ¿Estarás en casa?

–Allí estaré.

–Puede que te telefonee –añadió Blackie.

El teléfono sonó a las diez en punto, en el preciso momento en que Step se disponía a pasar la noche con Brahms a bajo volumen y con un whisky muy agudo. Blackie llamó y le hizo una propuesta disparatada acerca de una cita a ciegas. Tal como hablaba Blackie, Step interpretó que a ciegas quería decir de borrachera porque conocía a las dos chicas citadas. Una era Dee Dee, que descansaba luego de sus duras faenas como mecanógrafa y seductora en la Agencia Inmobiliaria Brandshaft, y la otra era una rubia casquivana apodada Loca, cuyas medidas esculturales eran conocidas por todos los fotógrafos de chicas que exhibían generosamente sus encantos. Step dudó el tiempo suficiente para preguntarse quién salía con quién y aceptó. Se vistió, se afeitó y estuvo listo en los quince minutos que Blackie le concedió.

Cuando los encontró en la puerta del drugstore de la esquina, notó que Blackie no estaba tan borracho como le había parecido por teléfono. Su alegría calaba más hondo que la producida por el alcohol: era euforia. Dee Dee llevaba un vestido negro muy escotado y un pañuelo de color coral rodeaba su cuello blanco. Loca, que desde la última vez que Step la vio había ganado unos kilos, sobresalía de un vestido rosa escarchado lo bastante juvenil como para asistir al baile de fin de curso. Si Step abrigó alguna duda sobre el reparto de chicas, éstas se disiparon en cuanto llegó: Blackie posó en su brazo la mano regordeta de Loca y echó a andar, dejando a Dee Dee en la acera, a la espera de que Step tomara la iniciativa. Se acercó a la muchacha.

–Dee, me alegro de volver a verte. Supongo que has estado muy atareada...

La chica se encogió de hombros y sonrió lánguidamente.

–Son gajes del oficio.

–¡Eh! –exclamó Blackie y los miró con cara de felicidad–. ¿Qué opináis de ir a Endsville?

–A mí me va –respondió Step–. Hace un año que no piso ese antro, pero me parece una buena idea.

–Vamos, hombre, vamos –Blackie lanzó agudos silbidos a los taxis que pasaban.

Endsville era un club nocturno estrictamente musical anclado en los límites del Village, cuya administración hacía ingentes esfuerzos por convertirlo en un auténtico centro jazzístico y en una empresa comercial. Los resultados no siempre eran alentadores. Los innovadores cuartetos de jazz aburrían a los turistas y las grandes bandas hastiaban a los jóvenes beatniks y a los bohemios entrados en años. Cuando se internaron en la cueva con el techo espejado y las paredes tapizadas, pudieron elegir entre una docena de mesas libres. En la tarima, un flautista, un pianista y un muchacho con el bongo creaban una compleja filigrana jazzística en beneficio del escaso número de asistentes, aunque sólo unos pocos parecían escuchar. Todos pidieron whisky (a palo seco, para dar pruebas de su mundanería y de que desconfiaban del camarero) y Blackie, con los ojos cerrados, remedó sobre la mesa los ritmos del bongo mientras Loca reía y le daba palmaditas en las manos. Step habló con Dee Dee de naderías, a las que ella respondió con una sonrisa. Renunció a la conversación, bebió y centró su atención en la música.

Cuando concluyó la actuación, Dee Dee y Loca fueron a retocarse el maquillaje y Blackie acercó su silla a la de Step.

–Quería hablar contigo del montaje de la cárcel.

–Sí, Blackie, ¿qué pasa? ¿Dónde meterás la celda?

–Fue una decisión muy difícil porque es allí donde ocurren cosas importantes. Necesitábamos dar con un lugar realmente privado, un sitio donde pudiéramos estar seguros de que no habría interferencias. Por eso decidimos dejar la celda donde está, en el estudio.

–¿En el estudio? Blackie, es un disparate. No funcionará.

–¿Por qué? Al fin y al cabo, el sitio es nuestro al menos durante dos meses más. Nadie nos incordiará. La montaremos entre bastidores, levantaremos paredes de cartón piedra, acarrearemos un escritorio para el carcelero...

–¿Es su propio estudio? ¿Te figuras que podréis engatusarlo? En cuanto lo trasladéis al estudio, reconocerá el local. Desde afuera no parece una cárcel y hay que reconocer que tampoco parece un teatro...

–Lo sabemos.

–¿Cómo pensáis llevarlo al estudio? Se dará cuenta de que es un montaje. No podéis vendarle los ojos, los polis no actúan así. ¿Cómo lo engañaréis?

–Lo trasladaremos al estudio –aseguró Blackie con un tono misterioso–. Y no se enterará de nada.

En la tarima un joven arrugado tocaba frenéticamente la batería y concluía con un golpe de platillos que anuló todos los demás sonidos. Estaba a punto de aparecer el grupo contratado esa noche; simultáneamente regresaron Dee Dee y Loca, recién maquilladas, con los ojos encendidos y riéndose de las confidencias que habían compartido en el servicio. Blackie se hizo a un lado para que Loca se sentara entre Step y él, la abrazó y le plantó un beso en la boca recién pintada con carmín; los desperfectos no parecieron preocuparla. Step se volvió hacia Dee Dee, que sonrió mecánicamente.

–¿Ni siquiera frunces los morros? –preguntó amargado.

Dee Dee se desconcertó y sonrió al comprender que sólo se trataba de un chiste. Step se creyó obligado a imitar la actuación amorosa de Blackie pero, cuando intentó abrazarla, Dee Dee se apartó ligeramente, intentando que el rechazo no se notase demasiado.

Sonó la música. Tres trompetistas interpretaron el agudo acompañamiento de *Perdido.* Blackie soltó una carcajada por algo que dijo Loca y un enano sonriente y de etiqueta hizo un alto en la mesa y preguntó a Step si todo iba bien. Mintió al responder afirmativamente. A la una, cuando la banda sudaba en la tarima por la estridencia de sus ejercicios musicales, cuando a Step le daba vueltas la cabeza por el impacto del ritmo, se acercó a la mesa un hombre de pelo rizado, con chaqueta sin solapas y una blanca tira de yeso en la nariz, y saludó a Blackie. Éste respondió calurosamente a su saludo, pero no lo presentó. Charlaron un rato y, a pesar de que Step intentó saber de qué iba la conversación, no lo consiguió a causa de la música ensordecedora. El hombre de pelo rizado se llevó la mano al bolsillo de la chaqueta, sacó un libro de bolsillo y le mostró el título a Blackie como si se lo recomendara fervorosamente. Blackie sonrió, asintió con la cabeza y aceptó el libro. El hombre de pelo rizado siguió su camino y se perdió en la penumbra. Blackie se guardó el libro en el bolsillo y dio un trago de whisky. Guiñó un ojo cuando Step lo miró.

Salieron de Endsville a las dos y media. Blackie propuso que tomaran dos taxis, a pesar de que Dee Dee y Loca vivían a cuatro calles de distancia. Antes de despedirse, Blackie apartó a Step del grupo y sacó el libro del bolsillo. Step no tuvo ocasión de leer el título y se dio cuenta de que no tenía la menor importancia cuando Blackie lo abrió. Las páginas estaban arrancadas y en el interior del hueco cuadrado se encontraba un pequeño sobre blanco.

–¿Qué es? –quiso saber Step y reculó nada más verlo–. ¿Qué diablos es?

–Cálmate –Blackie rió–. No es droga, sino morfina. Ya sabes, morfina, un medicamento. Step, de esta forma Papá Warbukcs no se enterará dónde está la cárcel. ¿Entiendes la idea?

Cerró el libro cuando Loca le dijo que el taxi esperaba y la tomó del brazo. Step y Dee Dee ocuparon el segundo taxi. Cuando llegaron a la entrada de su casa en Water Street, Dee Dee le ofreció su boca lánguida como quien cumple un deber. Step la besó y cuando intentó rodearle la cintura, Dee Dee escapó con una ligera risita y subió la escalera a toda velocidad.

SEGUNDO ACTO

7

Step Sutter oyó a través del teléfono la risita complaciente de Chili Alvarez.

–Picapleitos, avisa a los demás y diles que se preparen.

–No me llames así, Chili, no se te ocurra volver a llamarme así.

Step colgó y se quedó mirando el aparato.

Sentado en el escritorio de madera instalado en el centro del falso despacho de la brigada, Vince Whiting preguntó:

–¿Quién era?

–Chili. Están a punto de traer a Brandshaft y a Dee Dee. Dice que todo salió como en *Un tranvía llamado deseo.*

Vince sonrió.

–Llamaré a Blackie.

Step respiró aliviado y, con ademán de cansancio, dejó caer las manos sobre las piernas. Había pasado en ascuas las últimas horas y se alegraba de que la etapa del «arresto» estuviera cumplida. Blackie salió de la oficina del «teniente» sonriendo y frotándose las manos.

–Ya estamos en marcha –declaró–. ¿Qué pasa, Step? Por lo que sé, todo va bien.

Step, que había palidecido, replicó:

–No hay ningún problema. Creo que tengo miedo escénico.

–Lo harás bien. Sal a tomar un par de cervezas. Relájate. No tendrás que salir a escena hasta que el señor Brandshaft llame por teléfono para pedir ayuda.

–No quiero beber. Quizá suba y me quede arriba.

–Haz lo que quieras –Vince se encogió de hombros.

Step abandonó el despacho de la brigada y cruzó el pasillo. Subió la escalera hasta la sala del «teléfono» y se dejó caer en una silla con respaldo de lona. Era la primera vez que veía de cerca la centralita llena de aparejos que había montado el manitas de Myron. Aunque no conocía a Myron, le bastó un vistazo a la maraña de cables y conmutadores para sentir respeto por él. Dentro de un rato, en la centralita parpadearía una luz y Sammy Schultz levantaría el auricular para hablar con una voz que había ensayado durante semanas...

¿Embaucarían a Brandshaft? Cuarenta minutos después, cuando se abrió la puerta, se incorporó de un salto, pero se serenó y suspiró al ver entrar a Dee Dee Monahan, seguida de un Sammy Schultz vestido con uniforme de policía. Dee Dee estaba arrebolada y tenía los ojos tan húmedos y brillantes que parecía sufrir un delirio. Sammy se agarraba la barriga cubierta de tela azul y se desternillaba de risa sin emitir sonido alguno; el silencio fue efímero. Rió estruendosamente al ver la expresión inquisitiva de Step, sujetó a Dee Dee por la cintura y exclamó:

–¡Duse! ¡Duse! ¡Bernhardt! ¡Bravo!

Sin dejar de mirar a Step, Dee Dee rió dichosa mientras Sammy la hacía bailar por la minúscula habitación. Cuando por fin se separaron, Dee Dee se dejó caer sin aliento en una silla y posó la mano en su pecho agitado.

–¿Lo hice bien? –preguntó–. Sammy, ¿de verdad?

–Estuviste genial –declaró Sammy Schultz–. ¡Todos estuvimos geniales, incluso yo! –rió y aporreó el hombro de Step–. Abogado, ojalá hubieras estado, ojalá nos hubieses visto. Hasta ese mexicano loco se pareció a Marlon Brando.

Dee Dee se frotó pesarosa las muñecas.

–El maldito mono estuvo a punto de matarme. Mira, mira qué morados –extendió los brazos ante la cara de Step, que observó las débiles señales azuladas en la piel blanca–. Pero mordió el anzuelo, ya lo creo.

–¿Dónde está Brandshaft ahora? –quiso saber Step.

–En la oficina del teniente Bruno –Sam sonrió–. Tiembla como una hoja gorda. Hombre, tendrías que ver cómo lo trabaja Blackie. Te aseguro que parece un policía de toda la vida.

–En mi opinión, es demasiado indirecto –opinó Dee Dee profesionalmente–. Pero creo que no tiene la menor importancia dada la reacción del viejo. Cuando vio la sangre en la camisa de Chili, me dio la sensación de que estaba a punto de sufrir un ataque al corazón...

–Todo marcha sobre ruedas –dijo Sammy–. Step, ese hombre está atrapado. Ojalá le hubieses visto la cara cuando Polo y yo aparecimos.

–¿Hubo algún problema con el coche?

–Ninguno. Lo tomó como un asunto de rutina. Nos dijo que pensaba usarlo para irse de vacaciones, pero ni siquiera mencionó que Dee Dee fuera a acompañarlo. Dejamos el Cadillac en el aparcamiento.

–¿Qué dijo Brandshaft?

–Afirma que fue un accidente –Sam rió–. Dijo que estaba haciendo una visita de cortesía a Dee cuando el marido entró y le dio una paliza. Dice que ella sacó el arma para defenderse y que el marido se la quitó. Asegura que quería ayudarla y que por eso se apoderó de la pistola.

–Su explicación se ciñe bastante a los hechos, ¿no?

–Puede ser, pero tendrías que haberlo oído mentir descaradamente cuando Blackie lo interrogó sobre su relación con Dee Dee. ¿No es así, encanto?

La muchacha gruñó, sin hacer caso de la pícara sonrisa de Sammy.

–¿Qué dijo?

–Dijo que era el patrón de Dee y que había ido a hablar con ella por asuntos de trabajo. Mejor dicho, eso dijo al principio. Después Blackie lo trabajó y...

–Espera. ¿Qué significa que Blackie lo trabajó?

–Coño, no quiero decir que le pegara ni nada que se le parezca. Simplemente lo presionó. Ya me entiendes, lo cogió del cuello de la chaqueta, esas cosas.

Step soltó una maldición.

–Cabrón insensato. ¿Por qué diablos lo hizo? Si quiere, Brandshaft puede denunciarlo por brutalidad policial. Como abogado, me veré obligado a tomar medidas.

–Step, no le dio duro. Lo asustó lo suficiente para que cambiara la declaración. Brandshaft reconoció que no era una visita profesional, sino una cita, y que no era la primera vez. Eso es todo.

–¿En ningún momento mencionó que se iban juntos de vacaciones?

–No dijo una sola palabra. Seguramente se dio cuenta de que habría sido incriminador. Pero más adelante será peor, cuando el hecho salga a la luz durante el juicio.

–Sammy, eres todo un Perry Mason. Creo que debiste ser el abogado de este caso.

–No, gracias, me gusta ser poli –Sammy lustró la placa con la manga–. Soldado, enseguida estoy contigo.

Una luz parpadeaba en la centralita.

Sammy contuvo el aliento y miró a Step.

–Por fin ha llegado –suspiró–. Brandshaft lanza el SOS.

–Responde –dijo Step nervioso.

–Todavía no, que el cabrón espere un rato.

La luz parpadeó una, dos veces más.

–Por amor de Dios –Step rechinó los dientes.

–¡Sh! –Sammy levantó el auricular–. Dígame.

La voz salió de su garganta tensa y de sus labios apretados, convertidos en un instrumento duro y ligeramente gangoso.

A través del amplificador oyeron el sonido agudo y claramente definido de la voz de Brandshaft en la planta baja.

–¿Jerry? Soy Ed Brandshaft.

–¿Ed? –preguntó Sammy con esa voz rara–. Pensé que estabas en el bosque.

–Escucha. Jerry, tengo problemas, problemas graves. Necesito asesoramiento legal y de inmediato, esta misma noche...

–Mantén la calma –Step vio que el sudor perlaba la cara de Sammy–. Ed, no pierdas los nervios. ¿Qué problemas tienes?

–Jerry, estoy en la comisaría. Me acusan de haber matado a alguien. No preguntes cómo ocurrió. Te pido por Dios que vengas y me ayudes...

–¿Has matado a alguien? ¿Estás borracho?

–¿Qué quieres decir? Sabes que jamás me emborracho. Por Dios, Jerry, ¿no entiendes lo que digo? Tengo problemas, problemas graves. ¡Me han detenido!

–Vale, vale, no pierdas la calma. Ed, intento comprenderte. Dices que te han arrestado por matar a alguien. De acuerdo, ¿a qué tipo de muerte te refieres? ¿Qué pasó? ¿Atropellaste a alguien con el coche?

–No, no, nada de eso. Jerry, por lo que dicen fue un homicidio. Asesinato, homicidio o lo que prefieras. Pero no es verdad, Jerry, sólo fue un accidente, un accidente con un arma...

Sammy hizo una pausa y tapó el auricular. Tragó saliva y dirigió una débil sonrisa a Step, pero no era más que un tic nervioso.

–Ed, ¿quieres decir que se trata de una acusación criminal? ¿Es eso?

–¡Idiota, claro que es una acusación criminal! –la voz de Brandshaft tembló, cambió de tono y se quebró a causa del llanto–. Jerry, es realmente grave. He reconocido que maté al hombre, pero no creen en mi explicación de cómo ocurrió. ¡Tienes que sacarme de aquí!

–Ed, no soy criminalista, sólo soy un abogado de empresa. No estoy preparado.

–Pero algo entiendes...

–Domínate, Ed. No podría ayudarte aunque quisiera: esta misma noche me voy a Washington en tren. Pero no padezcas, te aseguro que no te dejaré en la estacada. Enviaré a alguien que sabe lo que hay que hacer...

–¿A quién?

–A Dan Vorhees, el mejor criminalista de la ciudad. Es joven, pero en los dos últimos años ha llevado todos los casos importantes de este tipo. Además, es amigo mío y me debe un favor. Intentaré contactarlo lo antes posible.

–Necesito ayuda enseguida. Jerry, no te imaginas lo que es esto...

–Por supuesto –afirmó Sammy con tono tranquilizador–. Pero no te preocupes, sé que Vorhees está en la ciudad y sé dónde encontrarlo. Probablemente vaya a verte dentro de una hora.

Oyeron el suspiro de alivio de Brandshaft. A Step se le formó un nudo en la garganta.

–Bueno, Jerry, de acuerdo –dijo Brandshaft–. Haz lo que puedas. Estoy en la... –hizo una pausa, como si consultara a un tercero–. Estoy en la Comisaría 102, de la Ochenta y cuatro y la Primera Avenida. Ah, Jerry...

–¿Qué?

–No pueden retenerme, ¿verdad? ¿Verdad que no pueden retenerme por algo que fue accidental?

–Ed, supongo que no, pero deja que Dan aclare la cuestión. Te aseguro que estarás en buenas manos.

Sammy Schultz colgó delicadamente. Se derrumbó en la silla con respaldo de lona y se secó el sudor de la cara.

Dee Dee lo miró pensativa y reconoció a regañadientes:

–No está mal. Ha sido una interpretación espléndida.

Sammy esbozó una sonrisa.

–Gracias. He estudiado tanto tiempo esa maldita voz que hasta la oigo en sueños –miró a Step y sonrió animado–. Bueno, señor Vorhees, puede considerarse telefoneado.

Step guardó silencio. Sacó de la cartera un papel y estudió el horario esbozado por Blackie. Consultó la hora.

–¿Qué tal vamos? –preguntó Sammy.

–Son las nueve menos veinte. Llevamos casi media hora de adelanto. Falta casi una hora para mi entrada en escena.

–Tal vez te convenga estudiar los libros de Derecho –propuso Sammy malicioso.

–Tal vez, pero puede que me vaya a beber una cerveza –se dirigió a la puerta y añadió–: Hasta luego.

En las últimas horas el termómetro no había bajado y la atmósfera, si cabe, estaba un poco más cargada. Una vez en la calle, Step contempló las nubes multicolores con la esperanza de que descargaran. Bajó los escalones de la casa de piedra arenisca parda y observó los globos de luz y las palabras perfectamente escritas en la media luna de cristal que había sobre la puerta. Si por casualidad alguien se fijaba en...

Se encogió de hombros. Pensó que en esa ciudad nadie se fijaba en nada. Asesinos con hacha enviaban por correo cuerpos desmembrados y nadie se fijaba. Pervertidos y degenerados deambulaban por las calles y nadie se fijaba. Se organizaban atracos a mano armada a plena luz del día, falsos polis se paseaban con uniformes de guardarropía, «detectives» inventados detenían a alguien por un delito que jamás se había perpetrado y nadie se fijaba. Así es la ciudad, pensó Step, cualquier ciudad; las personas se apilaban una encima de otra sin llegar a tocarse jamás...

Cuando vio el destartalado Buick aparcado en la esquina y al conductor mirando la falsa comisaría, el miedo lo atenazó como un dolor físico. Enseguida reconoció al viejo Harkness y, aliviado y disgustado, se acercó al coche.

–Warren, ¿qué estás haciendo? No deberías estar aquí.

–Step... acabo de llegar. Me acerqué porque quería verte.

–Ninguno de los dos debería estar aquí. ¿Sabes que Brandshaft está dentro?

–Sí. Step, ¿puedes dedicarme unos minutos?

Step se mordió el labio y rodeó el coche. Subió y Harkness quitó el freno de mano. Cuando giraron en la esquina, el viejo dijo:

–Step, necesitaba hablar con alguien de este asunto. He meditado sobre esta terrible historia...

–Un poco tarde, ¿no crees? Brandshaft ya ha apretado el falso gatillo y Chili se ha hecho el muerto. Está convencido de que es un asesino. Ya ha pedido un abogado.

En la siguiente esquina, Harkness giró bruscamente.

–Warren, no deberías conducir. Creo que no estás en buena forma.

–Nada de eso, estoy bien. Conducir me relaja, siempre me ha calmado. En realidad, Step, me siento mejor después de habérmelo pensado bien...

–¿Qué es lo que has pensado bien? –miró con el ceño fruncido ese perfil bondadoso y envejecido–. Warren, ¿no me dirás que has decidido echarte atrás?

–Exactamente. No sé por qué estuve de acuerdo con esta patochada. Me... me pareció que era una broma, incluso me sentí halagado de que Blackie y los demás quisieran incluirme. Cuando hablaron del dinero que ganaríamos, la idea me entusiasmó. Step, soy mayor que todos vosotros, os doblo la edad. No me resulta fácil vivir sin dinero, sólo de esperanzas, de amor propio...

Se estaba confesando con Step, pero esa explicación era innecesaria. Olvidaba que Step conocía los abismos de desesperación en que Warren Harkness podía caer. Al parecer, había olvidado la gélida noche de febrero en que Step, por algún motivo que ni siquiera pudo justificar ante sí mismo, buscó la compañía de Warren Harkness y lo encontró ensangrentado, perplejo y desvalido como un niño.

Sucedió la noche de la última representación de *Patricia* en el Mark Hellinger Theatre. Desde los primeros ensayos Step supo que la obra sería un fracaso y sospechó que los críticos compartirían esa opinión. Estaba en lo cierto. Después de la última función, deambuló por Broadway hasta que se le ocurrió la idea de que le encantaría charlar con Warren Harkness. Tomó un taxi hasta el apartamento de Harkness en Leroy Street y subió deprisa los tres pisos de escalera. Encontró a

Harkness en el cuarto de baño, mirándose en el espejo y gimiendo, con las manos sobre el lavabo al tiempo que la sangre teñía la porcelana. Step sintió el impulso de dar media vuelta y largarse, como si hubiese tropezado con un estorbo insuperable, pero Harkness gimoteó lastimeramente y se obligó a intervenir. Detuvo la hemorragia y desinfectó y vendó las heridas. Harkness había hecho un chapucero intento de suicidio y utilizado una navaja de afeitar muy afilada que produjo cortes muy profundos; si quería, el paciente sobreviviría.

Aquella noche Harkness se mostró parco. Evitó a Step su larga lista de quejas. Le impidió que llamara al médico y prefirió sentarse a charlar. Mientras hablaban de obras, actores y productores, el anciano se quedó dormido, con la expresión inocente y despreocupada de un niño, con las muñecas vendadas a la buena de Dios desvalidamente relajadas sobre sus muslos. Step salió del apartamento y no volvió a ver a Harkness hasta la noche que se encontraron en el estudio del Grupo de Actores.

Harkness jamás mencionó aquel incidente, del que sólo quedaban como recuerdo las cicatrices casi imperceptibles en sus muñecas. Y ahora, mientras el viejo conducía su traqueteante Buick por Central Park, Step supo que nunca comentaría aquel episodio.

–No puedo seguir adelante –reconoció Harkness como pidiendo disculpas–. Tal vez encuentren un suplente. Además, creo que no soy muy convincente en el papel de juez.

–Eres muy convincente, pero no es éste el problema. Warren, sabes que es bastante difícil conseguir un suplente a estas alturas.

–He llegado a la conclusión de que lo que hacemos está mal. Me trae sin cuidado que Brandshaft odie a los actores. No es motivo para hacerle pasar por este calvario. Step, te diré un secreto: los actores no me gustan.

–Tómate el tiempo que quieras. Postergaremos la vista preliminar...

–Es igual. ¿No lo entiendes? ¿Por qué no me borras del argumento?

–Warren, creo que es un poco tarde.

Harkness no respondió. Salieron de Central Park por la

calle Cincuenta y nueve. Warren giró a la derecha y enfiló hacia arriba.

–Warren, ¿me harás un favor? –preguntó Step.

–¿Qué quieres?

–No te eches atrás. No digas nada sobre lo que sientes y yo intentaré encontrar una solución. ¿De acuerdo?

–Step, eres un buen chico.

Diez minutos después, el viejo lo dejó en la esquina de la Ochenta y tres y la Primera Avenida. Step se despidió y caminó la calle que lo separaba de la casa de piedra arenisca parda de Vince Whiting.

Hizo un alto en la escalera y consultó la hora. Eran las diez menos cinco.

Recorrió el pasillo y franqueó la puerta doble que conducía al despacho de la brigada. Como si se encontrase en un sitio desconocido, la autenticidad del lugar volvió a sorprenderlo. En el escritorio, Polo tecleaba afanosamente un informe sobre nada y dirigido a nadie. Vestido de uniforme, Sammy Schultz leía el *Daily News* y parecía sentirse a sus anchas. Blackie Daggert salió de la oficina interior, lo vio y se volvió para comentar algo con el hombre que se encontraba en su «despacho».

Step avanzó. Sammy se incorporó, dobló el periódico y preguntó:

–Señor, ¿en qué puedo servirle?

–Soy el abogado Vorhees –respondió Step–. Tengo un cliente aquí, el señor Brandshaft.

–Por aquí, señor Vorhees –anunció Blackie afablemente–. El señor Brandshaft está en mi oficina, donde podrán hablar tranquilos.

El hecho de ver por primera vez a Edward Brandshaft lo perturbó. Hasta entonces no se había dado cuenta de que nunca lo había visto, de que la imagen que tenía de él se componía de conjeturas. Era más corpulento de lo que había supuesto y no tan agradable. En ese momento, Brandshaft volvió hacia él su rostro mofletudo, con la mirada atormentada de la máscara de la tragedia griega.

–¿Señor Brandshaft? –preguntó deprisa y se zambulló irreversiblemente en el delito y la mentira–. Soy Vorhees, su abogado. ¿Ponemos manos a la obra?

8

Brandshaft examinó la figura detenida en la puerta del despacho del teniente Bruno y su juventud lo consternó. En ese momento la juventud no lo tranquilizaba, sólo deseaba la sagacidad de los años, la sabiduría que, para él, se relacionaba con las canas y un estilo mesurado. Sin embargo, fue reconfortante el hecho de que alguien se presentara en su defensa, alguien capaz de elegir las palabras y tomar las decisiones que convertirían esa espantosa fantasía en una realidad práctica. Estrechó la mano de Vorhees y buscó en el rostro oscuro y apuesto del joven algo que le permitiera saber por qué Jerry Hannah confiaba tanto en su talento. No vio nada: las facciones del joven denotaban preocupación, los ojos no eran penetrantes y poseía una boca caprichosa. ¿Estaba nervioso? Dada su situación, Brandshaft no estaba en condiciones de juzgar el nerviosismo de los demás.

–Por favor, siéntese –dijo el abogado–. Señor Brandshaft, quiero conocer lo ocurrido con tanta claridad como sea posible. También quiero advertirle que, al margen de lo que me diga, de momento no podrá gozar de libertad.

–¿Cómo? Jerry me dijo...

–Ignoro lo que le dijo el señor Hannah, pero no tiene la menor importancia. Sólo hay dos modos de sacarlo de aquí y, de momento, ninguno puede llevarse a la práctica. El recurso de *habeas corpus* no servirá de nada y no hay tiempo para pedir que establezcan la fianza. Lo siento, pero tendrá que pasar, por lo menos, una noche en comisaría.

–¿Lo siente? –Brandshaft rió–. ¿Y qué cree que siento yo? –Notó que la sangre volvía a surcar sus venas, una sensación positiva después del embotamiento de las últimas horas–. De acuerdo –se resignó–, tendré que pasar una noche entre rejas. Y después, ¿qué?

–Ya veremos qué ocurre después. Intentaré aclarar de qué

se le acusa, solicitaré la vista preliminar –el joven hizo una pausa, como si repentinamente dudara. Brandshaft volvió a perder la confianza–. Lo mejor que podemos hacer es hablar. Quiero que me diga exactamente qué ha declarado y que luego me dé más explicaciones.

Brandshaft se palmeó los bolsillos y recordó que ya había fumado el último cigarro del día. El abogado le ofreció un cigarrillo y acabó aceptándolo. Dijo:

–Quiero algunas cosas si no tengo más remedio que pasar la noche detenido. En el maletero de mi coche están las maletas, ¿puede pedir que me las traigan?

–Lo intentaré. Le prevengo que las registrarán, si es que aún no lo han hecho.

–Que registren lo que quieran, no tengo nada que ocultar. Por amor de Dios, no soy un criminal ni nada que se le parezca. Este maldito asunto sólo fue un accidente...

–Cuéntemelo.

–Está bien –Brandshaft suspiró.

Seleccionó minuciosamente las palabras e intentó recordar lo que ya les había dicho a los detectives que le habían interrogado. Había recobrado el raciocinio y tenía un perfecto dominio de sí mismo, por lo que lamentó haber perdido el control durante las primeras horas de padecimiento. Le habló a Vorhees de Delores y no intentó ocultar que la relación era algo más que profesional; no obstante, cuando le narró la cita de esa noche, no mencionó su verdadero propósito. Le habló de la aparición por sorpresa del marido, Johnny Rodriguez, y del ataque salvaje a que la sometió. Se describió a sí mismo como protector de los débiles e intentó hacerlo con recato. Al narrar el incidente relativo a la pistola, separó cuidadosamente las palabras porque sabía que eran importantes, pero tuvo la sensación de que el abogado sólo lo escuchaba a medias. Esbozó una protesta y Vorhees le respondió:

–Señor Brandshaft, le presto atención. Ya conozco casi toda la historia. Y es inútil intentar engañarle: algunos aspectos vuelven su caso más complejo de lo que cabe imaginar.

A Brandshaft le desagradaron las palabras y el tono.

–¿Qué diablos significa? Sólo fue... en legítima defensa.

–¿No había dicho que fue un accidente?

–Por supuesto, la forma en que se disparó la pistola fue un

accidente, pero no habría pasado nada si ese hombre no me hubiese agredido.

–¿Lo agredió a usted o a la mujer?

–A mí y a ella, a los dos. Oiga, ¿de parte de quién está usted?

–Eso no viene al caso –replicó Vorhees con indiferencia–. Señor Brandshaft, me gustaría dejar clara una cuestión. Al margen de lo que ocurrió en el apartamento y al margen del encadenamiento real de los hechos, cabe decir que las relaciones son bastante sorprendentes. ¿Me comprende? Delores Mason es una mujer casada. Tuviera el carácter que tuviese, Johnny Rodriguez era su legítimo esposo. Y usted, un hombre que la dobla en edad, era el tercero, cuyos intereses... Dígame, señor Brandshaft, ¿cómo describiría esos intereses?

–¿Intereses? Hombre; ¿cómo lo haría usted? La chica trabaja para mí, es mecanógrafa en mi empresa.

–¿Y fue a verla para hacerle un dictado?

–Fui a verla a ella, ¿qué tiene de malo? No era la primera vez que la visitaba, la había llevado a cenar. Le diré que hacía años que estaba separada de su marido. No le impuse mi presencia.

–Señor Brandshaft, ¿tenía una aventura con Delores Mason?

–¡No!

–Conmigo puede hablar a calzón quitado, no soy policía. ¿Se acostaba con la muchacha?

–Ya le he dicho que no.

–En ese caso, ¿estaba pensando en algo por el estilo?

Brandshaft titubeó.

–No creo que sea asunto suyo.

Vorhees se puso de pie.

–Señor Brandshaft, si piensa mantener esta actitud, llamaré al señor Hannah y le diré que consiga otro defensor. Pero me permito decirle que cualquier abogado opinará lo mismo que yo: todo es asunto mío.

–Está bien, siéntese –Brandshaft frunció el ceño–. De todas maneras, no sé qué significa la expresión «estaba pensando en algo por el estilo». Soy humano, como el resto de los mortales. La chica es muy atractiva y si salía a colación que yo le gustaba, no pensaba rechazarla.

–¿Le dijo esto a la policía?

–No.

–¿Por qué?

–¡Porque sabía perfectamente lo que deducirían! Porque pensarían que tenía algún... algún motivo para matar a su marido. Y no lo tenía. ¡Le juro que no lo tenía! En cuanto el marido entró, lo único que quise fue largarme del apartamento, subir al coche e irme de vacaciones...

–¿Solo, señor Brandshaft?

–¿Cómo dice?

–Me ha oído perfectamente. Cuando visitó a Delores Mason, llevaba en el coche las cosas para un largo viaje, ¿no? La señorita Mason también había hecho el equipaje.

–Fue una casualidad. Ella también salía de vacaciones. Ni siquiera sé adónde pensaba ir.

–¿Me está diciendo la verdad?

Brandshaft hundió los hombros.

–No, no es verdad. Aunque no se lo dije a la policía, pensábamos irnos juntos. Ése era nuestro plan hasta que apareció él –se humedeció los labios con la lengua–. Señor Vorhees, le aseguro que cambié de idea en cuanto le vi. Créame. Cuando le vi, me di cuenta de que era muy joven, de que los dos eran muy jóvenes y supe que sería incapaz de llevar a cabo el plan. Estaba a punto de marcharme cuando él empezó a golpearla. Me resultó imposible irme, no podía dejarla con él...

Vorhees esbozó una ligerísima sonrisa.

–¿Entiende ahora lo que preguntaba sobre las relaciones? Un hombre de cincuenta y seis años concierta una cita con una chica de veinticinco, pero aparece el marido, que acaba muerto de un balazo. Al margen de cómo ocurrió, los hechos son éstos. Y la fiscalía planteará el caso desde esta perspectiva. Si usted formara parte del jurado, ¿qué opinaría?

–¿Un jurado? –Brandshaft quedó boquiabierto–. ¿Significa que seré procesado por lo que ocurrió?

–El hombre ha muerto, señor Brandshaft. Murió a causa del disparo hecho por usted. Es incuestionable.

–Ya he reconocido que fue así, no pretendo librarme mintiendo. Está bien, disparé la pistola, pero no fue asesinato.

–¿Cómo lo llamaría?

–Legítima defensa. Él me podría haber disparado...

–Eso puede borrarlo –lo interrumpió el abogado roncamente–. Estamos hablando de algo que se denomina homicidio justificable, del acto de matar a alguien para impedir la perpetración de un grave delito. Yo presentaría este alegato. Sólo intentaba proteger a Delores Mason de todo daño, quizá de la muerte. ¿No le parece correcto?

–¡Sí, sí! Se llame como se llame, así ocurrió. Y por eso no pueden condenarme, ¿verdad?

–No, siempre y cuando acepten ese cargo. Si no lo aceptan, tendrá que prepararse para... para otra cosa.

–¿Qué otra cosa?

–En el mejor de los casos, homicidio involuntario y, en el peor, homicidio con premeditación.

Brandshaft cerró los puños y, sin hacer ruido, los dejó caer sobre el secante del escritorio de metal verde del teniente Bruno.

–¿Está diciendo que espere a que me juzguen por asesinato? –aunque el tono era calmo, su voz temblaba con pasión contenida–. ¿Está diciendo que alguien como yo, que durante treinta y cinco años ha sido un respetable hombre de negocios, que jamás se ha metido en líos...? –se atragantó–. ¿Quiere decir que ese maldito pringoso puede entrometerse en mi vida y cascar a esa chica que para mí es una desconocida, cuyo nombre la mitad de las veces ni siquiera recuerdo, quiere decir que por eso pueden encerrarme en la cárcel? ¿A mí? ¿Y que incluso...? –palideció tan bruscamente que Vorhees pensó que todos los poros de su cuerpo se habían quedado sin sangre–. Por todos los santos, ¿quiere decir que incluso pueden ejecutarme por lo que ocurrió en el apartamento?

–Sí, es una de las posibilidades.

–Escúcheme, escúcheme bien –dijo Brandshaft con furia incontenible inclinando su cara coloradota por encima del escritorio–. Picapleitos camandulero, escúcheme bien. ¿Cree que puede decirme semejante cosa sabiendo como sé que no fue lo que usted dice, que no ocurrió de esa manera? ¿Se figura que puede acusarme de homicidio con premeditación y alevosía...?

Vorhees parecía perturbado, pero replicó con tono impasible.

–Señor Brandshaft, yo no lo acuso de nada. Sólo intento que vea en qué posición se encuentra. No está en mi mano presentar el cargo. Yo sólo me ocupo de plantear su defensa en las circunstancias más favorables.

–¡Yo no lo hice! –estalló Brandshaft y se incorporó de un salto–. ¡No he matado a nadie! Ni siquiera conocía a ese hombre...

–Tómelo con calma. Esta actitud no le beneficiará.

–¡Fuera de aquí! –gritó–. ¡Maldito picapleitos, salga inmediatamente de aquí!

Sonaron pasos en el despacho de la brigada. El teniente Bruno apareció en la puerta con cara seria. Entró corriendo para dominar al detenido, cuyas emociones habían adquirido un carácter violento. Mientras forcejeaba con él, el teniente Bruno torció el gesto y preguntó:

–Señor Vorhees, ¿quiere seguir hablando con su cliente?

–De momento, no –el abogado suspiró–. Dado el estado en que se encuentra, prefiero no hablar con él. Señor Brandshaft, volveremos a vernos.

–¡No quiero volver a verlo! –Brandshaft pugnó por librarse de ese abrazo musculoso–. No lo quiero, ¿me oye? ¡No necesito abogado! ¡No necesito a nadie!

–¡Frank! –gritó Bruno hacia el agente que se encontraba en el despacho de la brigada–. ¡Ven, Frank! –como no obtuvo respuesta, chilló–: ¡Por amor de Dios, Shultzie, ven aquí!

–Cuídelo –pidió Vorhees con cara de preocupación–. Teniente, no quiero que mi cliente sufra el menor daño.

–No se preocupe –Bruno sonrió malicioso–. Señor Vorhees, mimaremos a su cliente. Creo que será necesario darle un calmante para trasladarlo a la cárcel del distrito. ¿Cuento con su apoyo?

Vorhees dudó.

–Si lo considera imprescindible...

–Es por su propio bien –Bruno sonrió y se volvió hacia el agente, que permanecía en la puerta pasando el peso del cuerpo de un pie a otro–. Frank, consigue un tranquilizante para el señor Brandshaft, algo que le permita sentirse mejor.

–¡No quiero! –se desgañitó Brandshaft–. No tomaré nada.

–Claro que lo tomará –gruñó Bruno–. Señor Brandshaft, no es más que un inocuo sedante que le tranquilizará. Si no lo toma, nos veremos obligados a utiliar trabas mecánicas y estoy seguro de que no es lo que quiere.

–¡Vorhees! –Brandshaft miró desesperado al abogado–. ¿Tengo que tomarlo? ¿Estoy obligado?

–Me... me parece lo más sensato, señor Brandshaft.

Apareció el agente con un vaso de papel lleno de agua en la que disolvía un finísimo polvo blanco. El mero hecho de verlo calmó a Brandshaft, que estaba acostumbrado a tomar píldoras y polvos. Dejó de forcejear con el teniente Bruno y le pidió que lo soltara. Aceptó el vaso y lo vació de dos tragos.

Cuando el abogado estaba a punto de salir, Brandshaft dijo:

–Señor Vorhees...

–Dígame.

–La... lamento lo que he dicho. Sé que estaba equivocado. Espero que me comprenda, nunca estuve en una situación semejante.

–Desde luego, lo comprendo –aseguró el abogado, con expresión dolida–. No se preocupe, señor Brandshaft, sólo intento ayudarlo.

–¿Me defenderá? ¿Volverá?

Vorhees pareció dudar. Se frotó los ojos con las manos y respondió:

–Naturalmente. Señor Brandshaft, volveré en cuanto me sea posible.

–Gracias –Brandshaft se sentó pesadamente–. Muchas gracias, señor Vorhees.

–¿Quiere... le interesa que me ponga en contacto o que avise a alguien? ¿Quiere que vaya a visitar a alguien?

Brandshaft meditó antes de responder:

–No, a nadie.

9

A la 1.40 de la madrugada, el detenido Edward Copley Brandshaft fue trasladado de la falsa comisaría de la calle Ochenta y cuatro a la falsa celda de la cárcel instalada en el cuarto trasero del estudio cinematográfico abandonado de la calle Siete. En un sopor provocado por la morfina administrada por vía oral, Brandshaft no se enteró del cambio de ambiente, del asiento trasero aterciopelado y refrigerado por aire de su propio Cadillac, ni del edificio viejo y vacío de su propiedad. Mientras descansaba en el colchón de crin de la litera de la celda, sin que sueño alguno perturbara su reposo, los carceleros celebraron una reunión secreta a fin de examinar sus pertenencias y evaluar su futuro.

–Un billetero –dijo Blackie y bostezó a placer–. Contenido: doscientos treinta dólares en efectivo, billetes nuevos; carné de conducir; tres tarjetas de crédito; tarjetas de socio del Union League Club de Nueva York y Chicago, del Merchant's Club y de la Asociación de Agentes Inmobiliarios de Nueva York. Tres tarjetas de representación. Calendario de bolsillo. Una foto.

Step arrebató a Blackie la foto tamaño billetero y la estudió. Era el retrato sonriente de una muchacha de cabellera morena que caía en cascada, con mechones rubios a la altura de las sienes y en la línea del nacimiento del pelo. Tomada bajo un sol de justicia, la foto dejaba a oscuras sus ojos, pero los fuertes contrastes de luz y sombras no modificaban los planos claros y definidos de su rostro y su cuello. Step siguió mirando la foto hasta que Vince Whiting masculló algo y se la arrancó de las manos.

–¿Qué tiene de interesante? –preguntó Vince irritado.

–Debe ser su hija –respondió Step–. Vicki, la hija de Brandshaft. Es guapa.

–Una perla –opinó Blackie–. Sigamos con lo nuestro, ¿eh? No me tengo en pie de cansancio.

–Es extraño que Brandshaft no me pidiera que me pusiera en contacto con ella –añadió Step–. Parece que la señora Cook tenía una información correcta sobre los problemas que existen entre ellos.

–Veamos qué hay en el bolso –propuso Blackie–. Ya registramos la maleta grande y el baúl. Sólo hay ropa, pantalones de piel, camisas a cuadros, equipo de pesca, cosas por el estilo. El bolsito... –lo abrió–. El bolsito está lleno de píldoras y porquerías semejantes. No sé qué son. Sospecho que Brandshaft es hipocondríaco. También contiene artículos de tocador. ¡Eh, mirad esto! Un cepillo de dientes con mango de plata –Blackie rió entre dientes.

Whiting levantó un llavero.

–¿Para qué servirán?

–Para lo habitual, supongo. Llave del coche, del piso, del maletero; esta pequeña parece la llave de una caja de seguridad. Número uno uno ocho seis –Blackie jugueteó pensativo con el llavero–. Puede que sirva para algo. Tal vez Brandshaft guarda en una caja de seguridad mucho efectivo y valores negociables, lo que simplificaría el pago.

–Propongo que hablemos mañana de todo esto –se impacientó Step–. Tal como se comportó Brandshaft en la comisaría, podríamos tener problemas. ¿Qué ocurriría si cambiase de idea y quisiera otro abogado?

–No te preocupes –replicó Blackie confiado–. Te aseguro que Sammy está preparado por si Brandshaft desea volver a hablar con Hannah.

–Duerme como un lirón –comentó Whiting nervioso–. Blackie, ¿seguro que no te pasaste con la dosis?

–No le pasará nada. Mi amigo me explicó cómo utilizarla. Si eres cuidadoso, no hay peligro –Blackie se puso de pie–. Se acabó el trabajo por esta noche. Vince, coge una maleta mediana y llénala. Mete un par de camisas, ropa interior, prendas que Brandshaft pueda necesitar durante una semana. Lleva el bolso a la celda, lo mismo que la maleta pequeña. Step, ayúdame a llevar al coche el resto del equipaje. Lo guardaremos en el maletero y dejaremos el Cadillac en el aparcamiento de la Novena Avenida. ¿De acuerdo? Manos a la obra.

No fue el despertador lo que a la mañana siguiente arrancó a Step del sueño. Aunque lo había puesto para que sonara a las diez, el estrépito que lo despertó al mediodía fue la campanilla del teléfono. Le resultó fácil comprender el motivo inconsciente que le hizo quedarse dormido: esa mañana no tenía ganas de visitar a su «cliente».

Al principio la voz que oyó por teléfono no le resultó conocida. La mujer tuvo que identificarse:

–Soy Florence, Florence Cook.

–Ah, hola, señora Cook.

–Toda la mañana intenté ponerme en contacto con Blackie, pero no está en su casa. Step, me muero por saber qué pasó ayer. ¿Comemos juntos?

–En realidad, debería estar en el estudio –replicó Step–. Sospecho que en este momento Brandshaft clama a gritos por su abogado.

–Pero comer tienes que comer, ¿no es así?

–Sí –reconoció Step forzado–, tengo que comer. Aunque para mí será el desayuno.

–¿Por qué no nos encontramos en el Divan dentro de media hora? Y nada de tonterías con la cuenta, ¡yo invito!

–Está bien –aceptó Step.

Al encontrarla en la puerta del restaurante de Madison Avenue, Step vio que la señora Cook llevaba un vestido de guingán. Los lunares y la pamela le conferían un aspecto juvenil, hasta que veías la gruesa capa de maquillaje que cubría su rostro.

Encontraron una mesa apartada en la planta superior y, mientras les servían el almuerzo, Step relató los acontecimientos del día anterior. La señora Cook escuchó embobada, sin interrumpirlo, y su único comentario fue una risita solidaria cuando Step mencionó la lamentable reacción de Edward Brandshaft. Al concluir el relato, la mujer jugueteó con una cuchara de postre y dijo:

–Step, logras que, más que divertido, parezca terrible.

Step la miró con profunda atención.

–Señora Cook, ¿se ha parado a pensar que tal vez estamos cometiendo un error? –preguntó seriamente.

–¿Un error? ¿A qué te refieres?

–Esta historia empezó como una gran broma, ¿no? Grandes carcajadas, la posibilidad de montar un espectáculo, quizá de acabar con un pastón al final...

La señora Cook se estiró para coger la cafetera.

–Continúa, Step.

–Cuando hablamos de la idea, pensé que era puro juego y diversión. Pero cuando vi a Brandshaft en la falsa comisaría, cuando estuve frente al hombre de verdad, de carne y hueso, cuando dejó de ser un nombre en un guión... ya no fue lo mismo. Usted nunca ha visto a Brandshaft, ¿verdad?

–No, pero después de la investigación tengo la impresión de que casi le conozco.

–Yo había pensado lo mismo. Me lo había imaginado como un tipo envarado que sólo dice tonterías. Y cuando le conocí comprobé que es como cualquier persona en apuros. Quizá más fanfarrón, más vanidoso, más indignado que la mayoría de la gente. De todas maneras, la broma ya no me pareció tan graciosa.

La señora Cook bebió café.

–Tal vez tengas razón. Últimamente he tenido algunas dudas. Al principio no era más que un juego, ¿verdad? El dinero no tenía la menor importancia...

–En el caso de que consiguiéramos el dinero, ¿cree que Brandshaft lo dejaría estar? Aún le quedará mucho, lo suficiente como para dedicar el resto de su vida a contratar detectives que nos sigan la pista. Me parece comprensible porque se las hicimos pasar canutas.

Súbitamente la mujer se estremeció.

–Step, logras que parezca algo horrible. ¿Y ahora qué podemos hacer? Creo que es demasiado tarde. No podemos abrir la puerta de la celda y decirle que fue una broma de mal gusto.

–Tal vez sea lo mejor. Mientras no le saquemos dinero, sólo podrá acusarnos de daños dolosos. Pero ya sé qué dirá Blackie.

–Y yo –afirmó la mujer y meneó la pamela–. Step, Blackie no es como tú ni como yo. Parece de hielo. Es capaz de todo por dinero.

–Jamás tuve esa opinión de Blackie. Pensé que se había metido en esto por divertirse más que por la pasta.

–En ese caso, no lo conoces a fondo –declaró con sensatez

la señora Cook. Súbitamente acarició la mano del muchacho–. Step... ¿me harás un favor?

–¿Cuál?

–Si en algún momento llegas a la conclusión de que las cosas se tuercen... si realmente crees que nos estamos pasando, ven y dímelo. ¿De acuerdo?

–De acuerdo –se comprometió Step.

Antes de dirigirse al estudio, Step pasó por una tienda de artículos de piel que estaba eternamente en liquidación y compró una cartera de abogado a precio de saldo: su único accesorio.

Encontró un «guardián» en la entrada de la falsa cárcel. Era Sammy, sin uniforme y, como de costumbre, sonreía con picardía.

–Buenos días, abogado –lo saludó–. Hace un día hermoso, ¿no le parece?

–No me había dado cuenta. ¿Cómo está mi cliente?

–Me han dicho que tiene resaca. Por lo demás, se encuentra bien.

–¿Lo hemos alimentado?

–El detenido comió opíparamente: zumo de naranja, dos huevos, tostadas y café. Cortesía del restaurante Sunshine. Si quiere saber la verdad, comió como un marrano. No hay que preocuparse de que haga huelga de hambre.

Step siguió a Sammy hacia el estudio.

–¿Está Blackie adentro?

–No, sólo está Polo, de uniforme. Es el carcelero. Hoy yo sólo trabajo afuera. Blackie llamó hace un rato para avisar que no llegará hasta las cuatro.

–¿Ha preguntado por mí? Me refiero a Brandshaft.

–Sólo una vez. Dijo: «¿Dónde está el hijo de puta del abogado?» –Sammy rió con disimulo–. Amigo, creo que le caes bien.

–Llévame a su celda.

–Espera un momento. Blackie me pidió que te diera algo.

Sammy caminó hasta la mesa arrinconada contra la pared del estudio y recogió un periódico de formato pequeño. Se lo entregó a Step, al tiempo que leía el titular con expresión traviesa.

–Myron lo imprimió para nosotros. Más vale que lo leas antes de entrar, es muy bueno. El artículo pertenece a la pluma de Vince Whiting. Blackie quiere que se lo entregues a Brandshaft.

Step echó un vistazo a la primera página. Parecía la edición normal del *Daily News,* hasta la fecha y la previsión meteorológica coincidían. El titular, escrito en versalitas de cinco centímetros, era pura fantasía.

MILLONARIO DETENIDO
POR CRIMEN PASIONAL
(Artículo en la página 3)

Step pasó la página 2 y se dio cuenta de que estaba leyendo artículos periodísticos tan corrientes como las noticias matinales de la radio. En la página siguiente, con un tipo de letra que coincidía al dedillo con el formato del periódico, figuraba la historia de la Broma Brandshaft.

MAGNATE INMOBILIARIO RETENIDO
POR HACER UN DISPARO MORTAL
AL MARIDO DE SU EX SECRETARIA

10 de agosto. Edward Copley Brandshaft, de 56 años, dueño de una de las principales agencias inmobiliarias de la ciudad, ha sido retenido por la policía con relación al disparo fatal que recibió John Rodriguez, de 26 años, tornero en paro. El hecho tuvo lugar la noche pasada en el apartamento de Delores Mason, de 25 años, esposa separada del difunto Rodriguez y secretaria de la empresa de la que Brandshaft es presidente.

El teniente Dominick Bruno informó a la prensa que el señor Brandshaft reconoció haber disparado con la automática 45 mientras forcejeaba con el marido de Delores Mason. El arma, recuerdo del ejército, estaba registrada a nombre de John Rodriguez. La muerte fue instantánea.

Según se comenta, en las semanas precedentes a la tragedia, Brandshaft había trabado relación íntima con su secretaria. Ésta trabajaba en la Agencia Inmobiliaria Brandshaft, del 665 de la Quinta Avenida, desde el 19 de junio. Según el teniente Bruno, Brandshaft sostiene que la muerte del marido se debió a un disparo accidental del arma durante un forcejeo. El millonario inmobiliario permanecerá retenido en la cárcel del primer distrito hasta que se presenten formalmente los cargos.

Step cerró el periódico y se topó con la sonrisa inquisitiva de Sammy.

–No está mal –reconoció–. Es una putada, pero no está mal. ¿Blackie quiere que le muestre esto a mi cliente?

–Exactamente. Abogado, tenga la amabilidad de acompañarme.

Sammy abrió la puerta que conducía a bastidores y Step la franqueó. Habían creado un pasillo mediante tabiques de cartón piedra y lo recorrió en su totalidad hasta llegar a una zona en forma de L donde estaban la celda y un escritorio de madera lleno de señales y pelado. Con su uniforme, Polo estaba sentado ante el escritorio, con los pies sobre el borde. Se incorporó en cuanto Step entró y le saludó respetuoso.

–Buenos días, señor Vorhees.

–Buenos días –respondió Step roncamente–. Quiero hablar con el señor Brandshaft.

–Sí, señor –dijo Polo muy serio y se acercó a la pared de cartón piedra pintada de verde.

Quitó de un gancho el enorme aro de metal del que colgaban cuatro llaves de gran tamaño. Llavero en mano se dirigió a la puerta de la celda y la abrió ceremoniosamente.

Step fue al encuentro de su cliente. Brandshaft estaba sentado en el borde de la litera, ojeroso y asombrosamente relajado. Probablemente era el cigarro lo que creaba esa ilusión. Brandshaft fumaba serenamente y con notoria fruición.

–Vorhees, ya era hora de que apareciera –protestó–. ¿Por qué tardó tanto?

–Lo siento, señor Brandshaft, estuve ocupado con otras cosas.

Step cogió la única silla de la celda, se sentó y depositó el periódico sobre sus piernas.

–Pues le diré de qué puede ocuparse: consígame una caja de cigarros Upmann. ¿Ve esto? –le mostró la colilla–. Me costó cinco pavos. El cabrón de afuera me cobró cinco pavos.

Step frunció el ceño y, a través de los barrotes, miró hacia el escritorio donde se encontraba Polo.

–Señor Brandshaft, me ocuparé de que no vuelva a ocurrir. Quiero que me hable de anoche. Esta mañana, cuando telefoneé, me dijeron que se había desmayado...

Brandshaft refunfuñó.

–No recuerdo nada de anoche. El calmante que me dieron me dejó fuera de combate. Cuando me recobré, estaba en esta celda apestosa. ¿Cuándo podré salir de aquí?

Step miró el suelo embaldosado.

–¿Ha leído el periódico?

–¿No ha oído mi pregunta? ¿Cuándo diablos saldré de aquí? Si el problema es la fianza...

Step le entregó el *Daily News.* Brandshaft se limpió la mano en el pantalón antes de coger el periódico y observó el titular con el ceño fruncido.

Step observó atentamente a Brandshaft mientras éste leía el artículo de la página 3. Durante la lectura, su cara mofletuda permaneció imperturbable, pero cuando cerró enérgicamente el periódico, el rubor se elevó como en una columna del cuello a las sienes.

–Son unos cabrones. Logran que parezca macabro, ¿no? Y sólo es la mitad de la historia.

–Claro –coincidió Step–. Yo no me preocuparía por eso.

–¿Está diciendo que hay otro asunto por el que deba preocuparme?

–Ojalá no fuera así. Señor Brandshaft, le diré la verdad, estoy seguro de que prefiere saberla. El teniente Bruno presentó su informe a la fiscalía y el abogado de la acusación está elaborando el cargo que piensa presentar contra usted. Lamento decirle que lo acusará de homicidio con premeditación.

A Step le pareció que el inmobiliario estaba a punto de estallar, pero no pasó nada. Brandshaft se dejó caer sobre la pared de metal y se quitó de la boca la colilla del cigarro. El humo ascendió en un delgado hilillo azul a partir de la ceniza encendida.

–Me lo sospechaba –reconoció sin inmutarse–. Tuve la sensación de que ocurriría...

–Y no es lo único –añadió Step deprisa–. Presentaremos un

alegato de homicidio justificable y el tribunal tendrá que decidir qué cargo acepta. No me sorprende que el fiscal del distrito quiera acusarlo de homicidio con premeditación. Como sabe, las condenas son lo suyo, con cada condena añade una medalla a su pecho. Sinceramente, no creo que tenga la menor posibilidad de sustentar esa acusación, dadas las pruebas existentes y, sobre todo, el testimonio de Delores Mason. Estoy seguro de que el juez sólo aceptará un cargo de homicidio justificable. Eso es lo que opino, señor Brandshaft, y si cree que mi opinión no vale un pimiento, hable con Jerry Hannah.

Brandshaft se había erguido y su mirada era esperanzada.

–¿Lo dice en serio? ¿Cree que no podrán endilgarme la acusación de asesinato?

–Estoy convencido de que no –respondió Step alegremente. El efecto de sus palabras fue notorio y experimentó auténtico placer al notar el cambio en la expresión de Brandshaft–. Entiéndame, no es lo mismo que si ahora el caso se presentara ante un jurado. Al magistrado le corresponde decidir si mató a John Rodriguez con premeditación y alevosía o por el mero deseo de proteger la vida y la seguridad de Delores Mason. Estoy convencido de que, mientras la muchacha se ciña a la verdad, el juez adoptará nuestra perspectiva. ¿Se alegra?

–¿Me toma el pelo? –Brandshaft rió entre dientes–. Me alegro muchísimo. ¿Cuándo podré salir de esta pocilga?

Step puso mala cara.

–Reconozco que éste es uno de los aspectos negativos de mi visita. El fiscal del distrito piensa presentar un cargo de homicidio, lo que significa que no puede salir bajo fianza. Lo siento mucho, pero es así.

–¿Me tendrá encerrado aquí? ¿Enjaulado como un animal?

–Intentaré resolverlo lo antes posible. Si no consigo la vista preliminar en las próximas veinticuatro horas, presentaré un recurso de amparo. De todos modos, creo que en cuestión de días quedará en libertad.

–En cuestión de días... –Brandshaft suspiró–. Bueno, no se puede hacer nada. ¿Cómo está la chica?

–Se encuentra perfectamente. Sabrá que la han retenido como testigo. Estaba muy afligida. Supongo que se hace cargo de que quería a su marido mucho más de lo que dio a entender. Aunque no soportaba su mala conducta, todavía lo amaba.

Brandshaft se cubrió los ojos con las manos y dijo en voz baja:

–Señor Vorhees, ayer le dije que no quería que contactara a nadie en relación con este asunto. Pero me gustaría que se pusiera en contacto con alguien, con mi hija.

–De acuerdo –replicó Step con cautela–. Señor Brandshaft, ya sabía que tiene una hija. ¿Dónde está?

–En Massachusetts. Está haciendo un curso de verano para posgraduados en el Medwin College.

–Cabe la posibilidad de que no se haya enterado de lo ocurrido.

–Ojalá sea cierto... –se destapó los ojos–. Pero no creo que sea probable. Señor Vorhees, le diré la verdad: mi hija y yo no nos llevamos bien. La situación ya es bastante mala sin necesidad de implicarla, pero me parece que no puedo evitarlo.

–¿Quiere que... me ponga en contacto con ella? ¿Quiere que la traiga para que lo vea?

–¡No! ¡No quiero verla!

Step suspiró.

–¿Por qué no le envía una carta? Quizá sea bueno que le envíe una carta explicándole lo ocurrido para que no se preocupe cuando lea... artículos como éste –señaló el periódico que estaba sobre la litera de la celda.

–La idea de enviarle una carta me parece buena.

–Señor Brandshaft, si quiere redactarla ahora, me ocuparé de enviarla por correo.

–Sí, sí, es lo mejor.

Step se puso de pie y se acercó a la puerta de la celda.

–Guardia, el señor Brandshaft necesita papel y lápiz. Quiero salir –miró a su cliente–. Señor Brandshaft, volveré dentro de una hora. Iré al centro y averiguaré qué magistrado le han asignado.

–Sí, señor –dijo Polo con respeto y cara de póquer, dejando salir a Step de la celda.

Step abandonó la zona de la cárcel, se internó por el estudio y sólo entonces se dio cuenta de que durante la entrevista la ropa se le había empapado a causa del sudor. Blackie Daggert franqueó la entrada, luciendo una ceñida camiseta que resaltaba sus esculpidos pectorales.

Estaba tranquilo, cómodo y satisfecho de sí mismo.

–¿Qué tal ha ido todo? –sonrió a Step–. ¿Se porta bien Papá Warbucks?

–Está tranquilo. Le di la mala noticia de la acusación de homicidio con premeditación y la encajó como un soldado. Luego di rienda suelta a sus posibilidades de ser acusado de homicidio justificable. Di alas a sus esperanzas. También le mostré el artículo del *Daily News*. Le sentó muy mal.

–Todo marcha sobre ruedas –declaró Blackie encantado–. Step, estás haciendo un magnífico trabajo.

–Ah, algo más. Por fin mencionó a Vicki, su hija. La señora Cook tenía razón, hay problemas a la vista, pero no sé de qué van. Prefiere no verla si puede evitarlo.

–Vaya si podrá evitarlo –Blackie sonrió.

–Le está escribiendo una carta.

–No representa ningún problema. Mientras no se acerque a un buzón... nos ocuparemos del «reparto» en su nombre. Aunque hay que reconocer que nuestro servicio de reparto es muy lento.

–La única pega consiste en que podría preguntarse por qué la hija no responde –añadió Step.

–Le parecerá normal si se llevan como perro y gato. Pensará que a ella no le importa...

–Sería muy insensible. Vicki no parece ese tipo de chica.

–¿Y tú cómo lo sabes?

–Por la foto.

–Ah, claro –se burló Blackie y entrecerró los ojos–. Amigo, esa foto te llegó al alma, ¿no?

–No es más que una deducción –Step se encogió de hombros–. Aunque se detestaran, sería inhumano que Vicki ignorara esa carta. Se lleven como se lleven, no deja de ser su padre.

Blackie lo miró sorprendido. La sonrisa vaciló en su rostro, se esfumó y volvió a aparecer más dentuda que nunca.

–Tienes un cerebro privilegiado –afirmó–, abogado, como de costumbre, tienes razón. Vicki contestará esa carta. Será aún más convincente cuando lea la historia del asesinato en palabras de su propia hija...

–No te entiendo.

–Pues es sencillo. Está chupado. ¿Sabes qué es una falsificación?

–Por supuesto.

–¿Por qué no falsificamos una carta escrita por Vicki? ¿Entiendes a dónde voy a parar? Cuando Brandshaft reciba una carta de su hija en la que se menciona el asesinato, será la gota que colma el vaso, ya no le cabrán dudas. Podemos escribir la carta a máquina y firmarla con el nombre de la chica.

–¿Y de dónde sacamos una muestra de su letra?

–Éste es el camino más directo –Blackie se llevó la mano al bolsillo, sacó un llavero y lo balanceó ante los ojos de Step–. Aquí están las llaves de Brandshaft. Basta con que entres en su apartamento, eches un vistazo a sus papeles y seguro que encuentras lo que buscas. Fácil, *n'est ce pas?*

–¿Y quieres que lo haga yo?

–No veo ningún impedimento. En este momento el apartamento está vacío. La chica está en Massachusetts, los criados de vacaciones y Brandshaft ya sabes dónde. Quédate hasta que Brandshaft escriba la carta, llévatela y échala en el «correo». Espero que no seas lo bastante estúpido para enviarla –soltó una carcajada–. Luego toma un taxi hasta la casa de Brandshaft y registra el apartamento. ¿No te parece una idea genial?

–Yo no estaría tan seguro.

–Insisto en que es una idea genial –declaró Blackie enfáticamente.

Una hora después regresó a la celda y Brandshaft le entregó la carta. Se comprometió a ponerle sellos y enviarla y abandonó el lugar. Una vez en el taxi que lo llevaba al apartamento de Brandschaft, abrió el sobre y leyó las palabras del inmobiliario a su hija.

Querida Victoria:

A estas alturas ya estarás enterada de lo peor. Me figuro lo que sientes y sólo puedo decir que lo lamento. Tenías razón en todo, incluso en la insensatez de mi comportamiento. Victoria, para mí fue como una enfermedad y sólo espero que lo entiendas. Sé lo mucho que querías a tu madre y que sentiste que yo la estaba traicionando. Esta enfermedad e insensatez me han conducido a la violencia y la cárcel y todo cuanto puedo hacer es pedirte perdón. Victoria, te suplico que me perdones.

Ya le he dicho a mi abogado que no quiero verte involucrada en esta historia. Por favor, no intentes verme. Si quieres escribirme, hazlo a la Cárcel del Primer Distrito de Nueva York, Cuarta División, Nueva York, NY. Te ruego que me creas si digo que amé a tu madre y que ahora te quiero a ti.

Papá

Eso era todo. Ni declaraciones de inocencia ni explicaciones sobre el delito. Step metió la carta en el sobre, arrepentido de haberla leído a pesar de las instrucciones de Blackie.

Cuando el taxi se detuvo frente a la entrada endoselada de la casa de apartamentos de Park Avenue donde vivía Brandshaft, Step pagó al taxista sacando dinero de una cartera que se había encogido peligrosamente desde que recibiera la última asignación. Dentro de poco estaría sin blanca y se preguntó si el apoyo económico que la señora Cook prestaba a la Broma Brandshaft también incluía préstamos personales.

El portero le abrió afablemente y el ascensorista ni siquiera le miró cuando dijo a qué piso iba. Al salir al pasillo enmoquetado sacó el llavero de su bolsillo. Luego de dos intentos dio con la llave que abría el cerrojo de la puerta del piso de Brandshaft.

Entró.

Las cortinas estaban corridas, para evitar que la luz del sol se colara por las amplias habitaciones. El apartamento se hallaba fresco como si dispusiera de aire acondicionado. En lugar de levantar las persianas, Step encendió las arañas del salón y miró a su alrededor.

El mobiliario era recalcadamente victoriano, con tapizados de seda y patas en forma de zarpas de león; la alfombra era mullida y la atmósfera algo húmeda estaba impregnada de olor a cosas caras.

Se acercó al escritorio de tapa corrediza de madera clara situado contra la pared del salón y tiró con delicadeza para abrirlo. No tenía la llave echada. Lo abrió y en las ordenadas casillas encontró papel de carta, parte del cual llevaba el nombre de VICTORIA MANNING BRANDSHAFT. Guardó seis hojas y seis sobres en la cartera y comentó burlonamente a la estancia vacía:

–Me he convertido en un vulgar ratero. Step, ¿cuál será tu próximo paso?

Debajo de las casillas había un sujetacartas de bronce repleto de papeles sueltos. Lo revisó en busca de una muestra de la letra de Vicki. No encontró nada interesante. Abrió los estrechos cajones del escritorio y halló cajas de cerillas, un diario de bolsillo del año anterior con las páginas en blanco, unas gafas de sol, tres tiras de sellos, un talonario de cheques y una libreta de direcciones de cuero verde repujado. Las señas estaban escritas a máquina.

En el último cajón del escritorio descubrió un pequeño sobre azul, perdido en un álbum de fotos lleno a reventar. El mensaje era breve y estaba fechado hacía casi un año.

Querido papá:

Llegué sin novedades. No te olvides de asistir a la cita del 23 con Granik. Cariños,

Victoria

La firma estaba escrita con mano firme.

Step respiró hondo, guardó la carta en su cartera y la cerró. No necesitaba nada más. Cerró la tapa corrediza del escritorio y se dirigió al vestíbulo. Lo pescaron in fraganti cuando se abrió la puerta y apareció en ella la bonita muchacha de la boina azul. Llevaba una maleta pequeña y detrás de ella, en el suelo, había otra. La mujer abrió desmesuradamente los ojos al verlo, pero no fue presa del pánico. Se quitó tranquilamente la boina y movió la cabeza hasta soltar la cabellera castaño dorada.

Finalmente dijo:

–¿Qué demonios hace aquí?

10

El teléfono le arrancó de una pesadilla y le introdujo en otra. A través de la puerta con barrotes de metal, Brandshaft vio que el joven uniformado levantaba el auricular y hablaba en voz baja. El mensaje pareció sorprender al guardián, que puso expresión de desconcierto. Se encogió de hombros, protestó sin convicción y, de mala gana, accedió a lo que le pedían.

Colgó, se puso en pie y ajustó el cinturón en la delgada cintura que no tenía un gramo de más. Se acercó a la celda e informó:

–Papá, tengo que salir un momento. Tómeselo con calma.

Brandshaft masculló y se revolvió en la litera.

–¿Quiere que le traiga algo? ¿Necesita un cigarro?

No respondió.

–Haga lo que quiera –añadió el guardián y Brandshaft percibió la mofa contenida en esas palabras.

Unos pasos ligeros se perdieron pasillo abajo.

A medio camino entre el sueño y la vigilia, oyó otro sonido. Alguien había entrado en la cárcel y se acercaba a su celda; los pasos pesados y arrastrados le demostraron que no se trataba del joven guardián. Se incorporó sobre los codos y estudió la figura fornida del hombre mayor y canoso que lo contemplaba con ojos afligidos y especulativos.

–¿Señor Brandshaft? –era un susurro hueco, conspirador.

Brandshaft se incorporó.

–Sí. Y usted, ¿quién es?

–No viene al caso. Sólo dispongo de un minuto. Él volverá enseguida. Tengo que hablar con usted.

–¿Quién volverá? ¿El guardián?

–Sí, el guardián. Preste atención, tengo que decirle algo muy importante. Señor Brandshaft, no crea que son malos de verdad, ésa es la clave. Sólo son insensatos, como todos los jóvenes –sonrió débilmente, se acercó a la jaula y Brandshaft percibió un ligero olor a whisky–. A veces los viejos también lo somos. Usted y yo lo sabemos, ¿no es así?

–No entiendo nada. ¿Qué hace aquí? ¿Lo envió Vorhees?

El hombre mayor parpadeó.

–¿Vorhees?

–¡Mi abogado!

–Ah –se tocó la mejilla con los dedos–. Sí, claro, Vorhees. Forma parte del grupo. Tiene que comprender por qué lo hacen... No es más que una broma, una broma juvenil... intente comprenderlo.

–¿Qué es lo que hacen? –preguntó Brandshaft inquieto, se puso de pie y se acercó a la puerta de la celda. Escrutó el rostro pálido e intentó encontrar sentido a esa visita–. ¿De qué habla? ¿A qué broma se refiere?

Sonó un portazo en el pasillo. El sonido centró la mirada del viejo, que se alejó de la puerta de la celda e hizo patéticos gestos con las manos. Gimió cuando apareció el joven guardián con expresión frenética. Brandshaft vio que el guardián sujetaba el brazo del viejo con una llave que le hizo gemir, y le oyó decir:

–No pasa nada, le aseguro que no pasa nada. Es un loco inofensivo, señor Brandshaft, un chalado.

Maldijo y empujó al viejo, arrastrándolo por el pasillo por el que había aparecido misteriosamente. El guardián regresó pocos minutos después con cara seria y de enfado, como quien acaba de perder una discusión.

11

–No dispare –pidió Step con falso humor–. No soy un ladrón.

La chica detenida en la puerta no hizo más movimiento que aplastar la boina azul con la mano.

–¿Y a qué se dedica?

–¿Es usted Vicki?

–Creo que antes debería responder a mi pregunta. ¿Quién es usted?

–Me llamo Vorhees –respondió Step y se serenó–. No he entrado por la ventana. Mire, aquí tengo la llave –se la mostró.

–¿De dónde la ha sacado?

–Me la dio su padre, si es que usted es Vicki.

–Claro que soy Vicki. ¿Por qué le dio mi padre la llave de casa? Yo a usted no lo conozco.

–Ni tiene motivos para conocerme. Estoy realizando un trabajo jurídico para la empresa. Su padre se dejó un contrato aquí y lo necesitábamos con urgencia –Step se había quedado sin aliento–. Por eso me entregó una llave de la casa antes de salir de vacaciones. Pero no dijo que su... que usted estaría aquí.

La muchacha no sabía si creerle o no.

–¿Qué tipo de trabajo está haciendo? ¿Es abogado?

–Sólo soy asesor legal –sonrió.

Aunque Vicki no le devolvió la sonrisa, Step supo que la tensión había cedido. Vicki salió al pasillo en busca de la otra maleta y Step se apresuró a ayudarla. No rechazó la ayuda pero tampoco le dio las gracias. Step acarreó la maleta hasta el salón y ella lo siguió indecisa.

–¿Mi padre le habló de mí? –quiso saber.

–Sí. Por... por casualidad vi una foto suya y nos pusimos a hablar. Por eso la reconocí –hizo una pausa–. Oiga, ¿me permite darle un consejo?

–Depende.

–Sáquese otra foto. Es mucho más bonita que como aparece en la foto de su padre.

Vicki rechazó el cumplido con la mirada. Se sentó en el sofá, se cruzó de brazos y lo miró.

–¿Dónde trabaja? ¿En la Agencia Brandshaft?

No era una pregunta vana. Step notó que el sudor le humedecía el cuello de la camisa.

–No, trabajo para un bufete que asesora a los abogados de su padre –durante unos instantes no logró recordar el nombre, que por fin reapareció en su cerebro–. Ya sabe de quién hablo, de Jerry Hannah.

–No lo conozco. No estoy al tanto de los negocios de mi padre.

Step se sintió aliviado, pero le duró poco.

La joven insistió:

–¿Cuál es el nombre del bufete para el que trabaja?

–Está convencida de que soy un ladrón, ¿no? –rió–. Pues está equivocada. ¿No sabe que los ladrones, al menos los de Park Avenue, llevan sombrero hongo y guantes grises?

–No lo he acusado de nada. Sólo quiero saber dónde trabaja. Tengo derecho, ¿no?

Su tono frío congeló la atmósfera. Puta rica, pensó Step.

–Trabajo para Updyke, Sutter, Sullivan y Gouterman –replicó tajante–. La empresa está en el ocho de la calle Veintitrés Oeste. Soy ayudante del señor Louis Sutter. El teléfono es Chelsea nueve, ocho, cero, cero, cero. Uso la talla cuarenta y tengo ojos pardos. Si no le molesta, me llevaré el contrato al despacho o el viejo Sutter me echará una bronca. ¿Vale?

Vicki hundió los dedos en los brazos y relajó ligeramente la expresión. Al final descruzó los brazos y se levantó.

–Está bien. Creo que dice la verdad. Comprenderá lo que sentí al entrar y encontrar a un desconocido.

–Su aparición también me sorprendió. Su padre me había dicho que estaba en la universidad, en Medwin o algo así.

–Es verdad, pero... pero decidí regresar unos días a casa.

–¿Por qué?

–Me parece que no es asunto suyo.

Perdóname por vivir, pensó Step. Se encaminó hacia la puerta, pero Vicki le detuvo con una pregunta:

–¿Conoce a una tal Delores Mason?

Fue como una cuchillada. Step se recuperó lo suficiente como para menear negativamente la cabeza.

–No, creo que no.

–Es secretaria, mecanógrafa o algo así en la empresa de mi padre.

–Hmmm. El nombre me suena –no te sulfures, pensó–. Puede que haya hablado una o dos veces por teléfono con ella. ¿Lleva mucho tiempo en la empresa?

–No. Le ruego que intente recordar porque es importante.

Cerró los ojos y se llevó una mano a la frente. Si respondía que no, se acababa la charla.

–Ahora que lo pienso, ¿es una chica guapa, morena, que sonríe como una pantera?

–No sé qué aspecto tiene.

–Sí –dijo Step–. Sí, creo que la he visto. ¿Qué pasa con ella?

–Sólo era por curiosidad. Mi... mi padre la mencionó en una de las cartas que me envió –calló como si hubiese decidido que ya había dicho bastante.

Step no se dio por satisfecho.

–Claro que sí. Estoy seguro de saber a quién se refiere. En realidad, se fue de vacaciones el mismo día que su padre. Creo que a Florida. Lo recuerdo porque un día llamé al despacho y hablé con ella. Sólo pensaba en irse a las playas tropicales.

–¿Está seguro de que se fue a Florida?

–Absolutamente seguro. Incluso le recomendé un hotel de Cayo West. Es un sitio en el que estuve durante la guerra por cortesía del Tío Sam.

Si no la hubiese observado con tanta atención, tal vez se le habría escapado el cambio de expresión casi imperceptible. La tensión que rodeaba sus labios carnosos se desdibujó lentamente y destacó una boca más hermosa y tierna de lo que Step había imaginado.

–Gracias –dijo en voz baja–. Sólo lo preguntaba por curiosidad.

Step vaciló y finalmente se convenció de que Vicki no diría una palabra más.

–Será mejor que me vaya. Tardaré dos horas en asaltar el resto del edificio y me gustaría estar en casa a la hora de cenar

–le sonrió, pero Vicki no reaccionó–. Adiós, me alegro de haberla conocido.

–Sí, claro –respondió distraída–. ¿Cómo ha dicho que se llama?

–Vorhees, Dan Vorhees.

–¿Y trabaja para Updyke, Sutter, Sullivan y Gouterman?

–Señorita Brandshaft, tiene una memoria extraordinaria.

Step salió y oyó que Vicki echaba el cerrojo. En el interior del apartamento, el teléfono sonaba apremiante.

Cuando Step regresó al estudio el tiempo había cambiado: un viento voluble arremolinaba la basura de las aceras y las espesas nubes presagiaban lluvia. En cuanto abrió la puerta que conducía a la habitación del fondo, supo que en la atmósfera se había producido un cambio que no tenía nada que ver con el barómetro. Era evidente en la expresión de Blackie Daggert al salir de la habitación del fondo, donde la estrella involuntaria de la Broma Brandshaft permanecía en la falsa celda de una cárcel. Detrás de Blackie iba Vince Whiting, que frunció el ceño como Hamlet cuando Step se acercó a ellos.

–Hola –saludó Step lo más amistosamente posible–. ¿Cómo va todo?

Blackie hundió las manos en los bolsillos del tejano y se plantó delante de Step.

–Quizá tú puedas responder a esa pregunta –replicó.

Esa respuesta de labios apretados inquietó a Step.

–No sé de qué hablas –miró detrás de Blackie–. Hola, Vince, ¿has interpretado tu papel de fiscal de distrito?

Whiting miró a Blackie y sonrió sardónico.

–Claro, ya era hora. Visité la celda y lo curé de espanto. Ofrecí un trato a tu cliente a cambio de que presente una confesión completa. Probablemente te lo cuente.

–¿Se lo tragó?

–Como un pez, pero no aceptó. Dijo que no había hecho nada malo y que no estaba dispuesto a aceptar ningún trato. Todo marcha sobre ruedas.

–Casi todo –puntualizó Blackie–. ¿No es así, Step?

Step supo qué tenía que responder.

–Sí, casi todo marcha sobre ruedas. Vince, ha surgido una

pega. Vine a decíroslo: la hija de Brandshaft está en la ciudad.

Blackie perdió su frialdad al oír las palabras de Step y éste supo que había hecho lo correcto. De alguna manera Blackie estaba enterado del regreso de Vicki y si Step hubiese intentado ocultarlo...

–Me lo sospechaba –dijo Blackie–. Verás, telefoneé al apartamento de Brandshaft para preguntar por qué te retrasabas. Pero el teléfono no lo cogiste tú sino una chica. Pensé que no podía ser más que Vicki.

–¿Qué le dijiste?

–Nada. Colgué.

–Pensará que alguien se equivocó al marcar –intervino Vince Whiting–. Ocurre constantemente. Step, ¿cuál es la novedad? ¿Por qué la chica ha venido a la ciudad?

Step les narró la experiencia que acababa de vivir.

–Tal vez sintió nostalgia. Por el modo en que habló de Dee Dee, creo que sabe que hay algo entre Delores Mason y su padre. Quizás éste sea el verdadero motivo de su regreso. Quiere vigilar al viejo.

–Claro que es ése el motivo –decretó Blackie–. Seguramente sabe que su padre es un viejo libidinoso y quizá recibió información sobre su nueva amiguita. Ojalá supiéramos cuánto tiempo piensa quedarse.

–¿Tiene alguna importancia? –preguntó Step sin inmutarse–. Está convencida de que en este momento su padre está metido hasta las rodillas en un río truchero.

–Tal vez, pero existe el riesgo de que quiera cerciorarse de que su viejo no se acerca a la cama de Delores Mason. Y si empieza a fisgonear...

En la cabeza de Step sonó una señal de alarma.

–Ya está bien, no pensemos en más locuras.

Blackie se frotó la barbilla y el susurro de la barba sin afeitar violentó a Step.

–Lo había olvidado –Blackie sonrió–. La tía te gusta, ¿no? La forma en que reaccionaste al ver su foto...

–Eso no tiene nada que ver. Pertenece al grupo de las zorras ricas, que no me van. Simplemente pienso que no debemos meternos con ella.

–¿Y permitir que lo eche todo a perder? –Blackie frunció el ceño y volvió a sonreír–. Te diré una cosa, Step. Seguro que la idea te encantará. Por las dudas, alguien debería vigilar a esa zorra. ¿Quieres la misión?

–¿Cómo?

–Ya la conoces. Tal vez no sea una presentación formal, pero ya la conoces. ¿Por qué no cultivas esa amistad? Llámala, invítala a salir. ¿Crees que aceptará?

–Lo dudo.

–Con intentarlo no se pierde nada. Así podrás seguirle el rastro, seguir con la historia de que Delores Mason está en Florida... –chasqueó los dedos–. ¡Se me acaba de ocurrir una idea genial! Creo que podremos presentarle pruebas.

–¿Qué tipo de pruebas?

–Está tirado. Haremos que Dee Dee nos escriba una postal, una bonita postal de la puesta del sol en la playa. Nos ocuparemos de que la envíen desde Cayo West a tu nombre.

–¿Por qué a mi nombre?

–¿No le recomendaste un hotel? Es un modo de agradecértelo. Se la muestras a Vicki y disipas todas sus dudas.

–Genial –opinó Vince Whiting con tono aprobador–. Así se piensa, Blackie.

–Sí, cada vez lo hago mejor –parecía nuevamente feliz. Palmeó el hombro a Step y añadió–: Señor Vorhees, vaya a ver a su cliente. Seguramente quiere hablar con usted. Luego llama a Vicki e invítala a salir. ¿Prometido?

–De acuerdo –aceptó Step–. Blackie, tengo un problema. ¿Crees que la corporación podrá hacerme un préstamo personal? Estoy sin blanca.

Blackie sonrió.

–Step, habla con Cookie, es nuestra banquera.

Step vio que Polo Dobek interpretaba el papel de su vida en la zona del teatro del Grupo de Actores convertida en cárcel. En su papel de carcelero, el joven actor estaba sentado ante el escritorio, con el periódico de pequeño formato sobre el regazo, la barbilla sobre el pecho cubierto por el uniforme azul y los ojos cerrados. Dormía a pierna suelta. Su actitud era más convincente que cualquier parlamento ensayado que Polo pudiera pronunciar.

Brandshaft también hacía una buena interpretación, aunque su papel era más sencillo. En cuanto vio al defensor se levantó de la litera de la celda: imagen perfecta de la víctima desesperada, afligida e inútilmente colérica ante la lentidud de la maquinaria legal. No se había afeitado a pesar de que le habían proporcionado los artículos de tocador y la espesa pelusa que cubría su cara mofletuda arrojaba una sombra primitiva y lobuna en sus facciones sensuales. Cuando cerró las manos en torno a los barrotes de la celda, con el mejor estilo dramático, sus dedos semejaron garras. Step sintió asco por lo que vio dentro de la falsa jaula que habían creado y esa repulsión contribuyó a anular parte de la compasión que insidiosamente se había colado en su visión de las cosas.

–Vorhees, ya era hora de que se presentara –protestó Brandshaft–. Es usted un abogado muy peculiar. ¿No estaba enterado de la visita del fiscal del distrito? ¿Por qué no me representó?

–Cálmese –pidió Step–. Señor Brandshaft, no podía asistir a esa sesión sin ser invitado.

–Eso no le da derecho a abandonarme.

A Step no le habría costado nada estallar en cólera, pero el bufido de Polo al despertar lo puso sobre aviso. El carcelero miró a Step como si no supiera dónde estaba. Afortunadamente, se recobró con la suficiente rapidez para decir:

–Hola, señor Vorhees. ¿Quiere ver al detenido?

–Sí, claro, si es que el detenido desea verme.

Entró en la celda y pidió a Brandshaft que le contara la conversación que había sostenido con el fiscal del distrito.

–Fue muy amable –declaró Brandshaft con amargura–. Pero no me dejé engañar. En todo momento supe qué pretendía.

–¿Y usted qué le dijo?

–¡Nada!

Step asintió con la cabeza.

–Bien hecho. ¿Le mencionó qué acusación piensa presentar?

–Sí. Dijo que las circunstancias lo obligaban a hablar de homicidio con premeditación. Añadió que personalmente le costaba mucho creer que un hombre como yo... que yo fuera capaz de cometer semejante crimen, pero que se encontraba ante un conjunto de hechos incontrovertibles. Dijo que me ayudaría cuanto pudiera.

–Hmmm. ¿Qué tipo de ayuda le ofreció?

–Quería que firmara una declaración, una confesión. No era más que una sarta de mentiras.

–¿Y la firmó?

–¡Claro que no! Me aseguró que cometía un error, que la sentencia no sería tan severa si confesaba el asesinato, aunque igual tendría que someterme al juicio. Dijo que nadie puede declararse culpable de homicidio con premeditación...

–Es verdad. El cargo de homicidio con premeditación supone un alegato de no culpabilidad. Las leyes son así.

–Me aseguró que la confesión demostraría que yo sabía que había actuado mal y que estaba arrepentido. Dijo que era el único modo seguro de salvarme de... –Brandshaft se detuvo como si por primera vez se tomara en serio la advertencia del fiscal del distrito. Concluyó la frase en voz baja–: El único modo seguro de salvarme de la silla eléctrica.

Brandshaft se sentó en la litera y Step acabó pensando en Vicki. El recuerdo de la chica y la expresión del hombre que tenía delante se mezclaron, se confundieron y provocaron en su cuerpo una extraña corriente ondulante que lo llevó a balancearse inseguro. Se le escapaba el papel. Notó que se deslizaba por sus hombros como una capa al aire. Permaneció unos segundos en la falsa celda en su condición de Stephen Sutter, actor, aspirante a abogado, embustero y delincuente...

Brandshaft no reparó en la transformación porque estaba pensado en otra cosa.

–Oiga, Vorhees –dijo afablemente–, tiene que hacer algo por mí, no importa lo que cueste: tiene que sacarme de aquí.

Step se recuperó y se enfureció:

–¡Qué cerdo, qué cabrón! –Brandshaft lo miró sorprendido–. Señor Brandshaft, nadie tiene derecho a intimidarlo. Le aseguro que le pondré los puntos sobre las íes a ese fiscal. Aún no se ha celebrado la vista y hasta entonces nadie lo puede acusar de nada. De momento no es más que un testigo en el caso de la muerte de John Rodriguez y no permita que nadie lo convenza de lo contrario.

–¿Por qué no puedo salir de aquí? ¿Por qué me retienen?

–Ya se lo he dicho. Por sospecha de asesinato, lo que excluye la libertad bajo fianza. Pero hasta que un tribunal legítimo no le acuse formalmente, no tiene de qué preocuparse.

La cara de Brandshaft recobró el color.

–Está bien –dijo–. Me hago cargo.

–En las próximas veinticuatro horas me ocuparé de la vista. Mientras Delores Mason y usted se ciñan a las declaraciones originales, no hay posibilidades de presentar un cargo de homicidio con premeditación, se lo aseguro –como Brandshaft no las tenía todas consigo, Step añadió–: Me cree, ¿verdad?

–Si usted lo dice... pero ocurre que... no estoy seguro... no consigo dar en el clavo. Hay algo erróneo en este...

–¿Erróneo?

–Quise decir extraño, extraño –repitió el padre de Vicki Brandshaft y le miró con sordo dolor.

Aunque cuando salió a la calle llovía, Step caminó casi dos kilómetros y se dejó purificar por esas gotas frescas.

Sólo cuando llegó a la pensión se dio cuenta de cómo le había afectado el chaparrón. Estaba calado hasta los huesos y la lluvia había ablandado las baratas suelas de cuero de sus zapatos hasta el extremo de que se combaron y partieron. Tenía los calcetines empapados y el pelo revuelto sobre la frente. En este estado lamentable, antes que nada pensó en el teléfono. Se sentó en la cama, formando un manchón húmedo sobre la colcha y marcó el número de Warren Harkness.

Como sospechaba que Harkness no oía bien, dejó que el teléfono sonara doce veces antes de colgar. Apoyó bruscamente el auricular, se tendió boca arriba sobre la dura almohada y se tapó los ojos con la mano.

Despertó tiritando, desconcertado por el súbito sopor que se había apoderado de él. El reloj marcaba las cinco y media y recordó la promesa que le había hecho a Blackie. Antes de telefonear a Vicki, volvió a marcar el número de Warren Harkness. Esta vez tampoco obtuvo respuesta.

Por teléfono la hija de Edward Brandshaft parecía aún más fría e inaccesible que en persona. Step tuvo que morderse la lengua para dar el tono adecuado de interés romántico y superficial.

–Soy Dan Vorhees, su ladrón –se identificó dicharacheramente–. He acabado con los saqueos del día y se me ocurrió llamarla.

–Ah.

–Supongo que una norteamericana simpática y sana como usted no está dispuesta a cenar con un delincuente común. ¿O sí?

–¿Cómo dice?

–Lo plantearé de otro modo. Si esta noche cena conmigo, me comprometo a no robar la cubertería ni a asaltar la caja. Siempre y cuando no tenga otro compromiso.

–Ahora que lo pienso, lo tengo.

–¿Y mañana por la noche?

Como Victoria titubeó, Step decidió sacarse un as de debajo de la manga.

–Ahora que recuerdo, hoy oí un comentario sobre esa chica, Delores Mason, la misma por la que usted me preguntó. Un amigo mío que la conoce dice que recibió noticias de Cayo West. Pensé que le interesaría.

–No estoy tan interesada, sólo pregunté por curiosidad –replicó gélidamente.

–Está bien, sólo intentaba sobornarla –reconoció Step–. Soy capaz de decirle cualquier cosa con tal de que cene conmigo. Hasta ahora no he dicho que soy una persona honrada. ¿Qué me dice?

Vicki hizo una pausa, que en este caso duró muy poco.

–Mañana por la noche tampoco puedo. Tal vez hacia el fin de semana.

–¿El viernes?

–Es posible. Si me llama por la mañana...

–¿A qué hora se despierta?

Step creyó oír una risilla.

–Llámeme alrededor de las once. No le aseguro que esté libre.

Step hizo una mueca al auricular y se obligó a mostrarse animado.

–La llamaré el viernes si la poli no me detiene antes –declaró.

Colgó antes de que Victoria se arrepintiera.

Cuando salió a la calle sólo había una bruma ligera que refrescó su rostro acalorado.

Entró en un drugstore de Lexington Avenue y compró aspirinas, pastillas para el resfriado y una caja de pañuelos de papel con uno de los pocos billetes que aún le quedaban. Se metió en una cabina telefónica y marcó el número de Warren Harkness.

El teléfono sonó tres veces y alguien dijo:

–Dígame.

No era la voz de Harkness.

–¿Quién habla? –quiso saber Step.

–Está hablando con Houston cuatro cinco seis nueve ocho –respondió el hombre–. ¿Sería tan amable de decirme quién es?

Aunque era el número de Harkness, quien hablaba no era el viejo. Step quedó tan desconcertado que fue más cauteloso que de ordinario.

–Quiero hablar con Warren Harkness. Soy un amigo.

–Le habla la policía. ¿Le molestaría darme su nombre?

Step clavó la mirada en el auricular punteado y colgó.

Recalentada por su fiebre en ascenso, la cabina se había vuelto insoportablemente calurosa. Se secó el sudor de la cara y la frente e introdujo otra moneda de diez centavos en la ranura. Marcó el número de Blackie y lo oyó sonar doce veces, sin que nadie contestara. Intentó recordar el teléfono de Vince Whiting, incluso el de Polo, pero no lo consiguió. Sabía que Whiting aún se aferraba al dudoso privilegio de no figurar en la guía y que el número de Polo Dobek estaba en el listín. Salió de la cabina y consultó la guía telefónica de Manhattan. Sus ojos irritados tuvieron dificultades para leer la letra pequeña, pero por fin localizó a DOBEK, HERMAN. Entró en la cabina, marcó y esta vez obtuvo respuesta.

–Hola, Polo, soy Step. ¿Anda Blackie por ahí?

–Pues no, tío –Polo rió con voz ronca–. Está en otra parte. Oye, Step, ¿quieres celebrarlo? El fiambre está aquí.

–¿Quién...?

–El fiambre, el muerto, Chili –Polo rió frenéticamente–. Step, hagamos una fiesta. Blackie y Vince vendrán a casa en cuanto desmonten la comisaría...

–Polo, ¿qué pasa con Harkness? ¿Le has visto?

Durante unos instantes reinó el silencio y finalmente Polo preguntó:

–¿No lo sabes?

–No sé nada. Hace unos minutos llamé a su casa y respondió la policía.

–Por supuesto, tío. La pasma ha tomado el piso. El pobre y viejo patán...

–Polo, ¿qué le ha ocurrido? ¿Qué está pasando?

–El viejo eligió el camino más corto. ¿No estás enterado? Cogió su gillette azul y llegó hasta las últimas. ¡Brrr! Se abrió de oreja a oreja. Step, ven a casa y beberemos a la memoria del viejo cabrón.

12

Edward Brandshaft se retiró al rincón más apartado de la celda, en busca de la mayor intimidad posible para leer la carta de su hija. El hecho de ver el conocido papel de carta azul era doloroso por sí mismo, incluso antes de leer las palabras mecanografiadas.

> Querido papá:
>
> No te figuras lo mal que me ha sentado lo ocurrido. Entiéndeme bien, te comprendo y quiero ayudarte cuanto pueda. He hablado con Dan Vorhees, quien me ha asegurado que está haciendo todo lo posible y que confía en que pronto te pondrán en libertad. Todo el asunto fue un malentendido y estoy segura de que el tribunal se dará cuenta de que no eres responsable de la muerte de ese hombre. Respeto tu deseo de no verme, por lo menos hasta que se celebre la vista, pero te suplico que no intentes mantenerme alejada. ¿Quieres que me ponga en contacto con el doctor Granik? Tal vez su testimonio sea útil. Te ruego que me mantengas informada. Cariños,
>
> Victoria

Dejó caer la carta sobre sus piernas. Al ver que Dan Vorhees se acercaba a la puerta de la celda, guardó la misiva en el sobre y lo metió bajo la dura almohada de su litera.

–¿Señor Brandshaft? –preguntó Vorhees.

Estaba pálido y serio; había algo destacable en su postura artificialmente erguida.

El carcelero abrió la puerta de la celda para que el abogado entrara y éste ocupó la silla.

–¿Qué le pasa? –preguntó Brandshaft–. Tiene muy mal aspecto...

–Sólo es un resfriado –la voz de Vorhees sonaba fatal–. No me encuentro muy bien. Ayer me calé hasta los huesos.

–¿Llovió? –preguntó Brandshaft–. ¿Estuvo lloviendo?
–Ya lo creo.
–Qué gracioso, llovió y ni siquiera me enteré.
Vorhees miró el suelo.
–Señor Brandshaft, temo que ése no es el único problema que tengo. Ojalá no tuviera que hacerlo, pero no hay otra salida. Le traigo malas noticias sobre la vista.
–¿Sobre la vista? ¿Han vuelto a postergarla?
–Es aún peor. Tengo que recomendarle que renuncie a la vista.
–¿Renunciar? Antes me dijo...
–Sé lo que le dije, pero la situación ha cambiado. Es verdad, tiene derecho a presentarse ante el juez y, en circunstancias corrientes, es la vía más sensata. Muchos casos se resuelven en la vista preliminar y no llegan a juicio. Pero en su caso puede significar una demora larga o algo peor. Por eso quiero que desista.
–¿Por qué? ¿Qué es lo que ha cambiado?
–Todo –respondió Vorhees con amargura–. Toda la cuestión. Ha cambiado de la noche a la mañana.
–¿Por qué?
El abogado suspiró y abrió la cartera.
–Por esto, señor Brandshaft. Es la nueva declaración que la fiscalía ha preparado para la firma de Delores Mason. He traído una fotocopia y, como puede ver, la señorita Mason ya la ha firmado. Modifica toda mi estrategia sobre el caso. Lo comprenderá en cuanto conozca su contenido –Step comenzó a leer con tono monótono, grave y sepulcral–: «Por la presente yo, Delores Mason, quiero modificar la declaración anterior referente a la muerte de mi marido, John Rodriguez, la noche del 10 de agosto, en mi apartamento del 17 de Water Street, Nueva York. Mi marido no prentendía hacerme el menor daño, cuando mi patrón, Edward Brandshaft, le pegó un tiro. Sólo quería impedir que abandonara el apartamento para ir al lugar de cita con el señor Brandshaft en Maine. El señor Brandshaft y yo habíamos acordado compartir un mes de vacaciones y estábamos a punto de salir cuando mi esposo, John Rodriguez, del que estaba separada, entró en el apartamento. Mi marido y yo discutimos. Durante la disputa, Edward Brandshaft se retiró al dormitorio del apartamento.

Apareció pocos minutos después con la automática 45 que yo guardaba en la mesilla de noche. La pistola era un recuerdo de guerra de mi marido. El señor Brandshaft conocía la existencia del arma porque en una ocasión anterior yo le había hablado de ella. A continuación disparó y mató con premeditación a mi marido. Intentó escapar, pero fui al dormitorio y llamé a la policía. El señor Brandshaft llegó a la conclusión de que huir no tenía sentido y esperó la llegada de la policía. Firmado: Delores Mason».

Brandshaft escuchó con indiferencia. Cogió el documento de manos del abogado y lo leyó en silencio.

–¿Y esto qué significa? –preguntó casi despreocupado.

–Significa que el único testigo que tenía se ha vuelto en su contra –respondió Vorhees roncamente–. Significa que, cualquiera que sea el alegato que le presentemos al magistrado, esta información garantiza un cargo de homicidio con premeditación. Por eso le pido que renuncie a la vista y que llevemos el caso a juicio. Con esta declaración como prueba, la vista será perjudicial para la defensa. Señor Brandshaft, no quiero que ningún juez vea esta declaración. Será mejor que nos arriesguemos al veredicto de un jurado.

–¿Un jurado? ¿Tenemos que presentarnos ante un jurado?

–Le aseguro que no hay otra salida.

–¡Pero si no me han acusado de nada! Tal vez el juez comprenda, podríamos convencerlo...

–¡Escúcheme! Conozco al magistrado que presidirá la vista. Y sé que es estricto, un verdadero cabrón. Con pruebas directas como ésta, sin duda confirmará el cargo de homicidio con premeditación, lo que podría ser perjudicial para la defensa, ¿no lo entiende? Durante la vista, la defensa y la acusación pueden utilizar todos los testimonios disponibles. Señor Brandshaft, el señor Grant lo tergiversará todo en nuestra contra, lo tergiversará hasta que no exista la menor posibilidad de que pueda librarse de la pena capital.

–¡Por Dios! –gimió Brandshaft–. ¡Cómo se atreven! ¡Cómo pueden estar tan equivocados!

Vorhees parecía a punto de desmayarse y dijo débilmente:

–Señor Brandshaft, le ruego que se domine.

–¡La chica es una embustera! ¿No lo entiende? ¡Es una ramera, una tramposa, una embustera! Sabe, sabe perfectamente que no lo hice con premeditación. ¿Por qué miente? ¿Qué tiene en contra de mí?

–Se lo diré –añadió Vorhees con voz chirriante–. Brandshaft, usted mató a Johnny, eso es lo que tiene en contra.

–Pero si estaban separados... no quería tener nada más que ver con él...

–Eso le dijo, tal vez incluso es lo que se dijo a sí misma, pero todavía se pirraba por él. Señor Brandshaft, tendría que haberlo adivinado. Y cuando lo vio tendido en el suelo, muerto con la pistola que usted disparó... bueno, es posible que al principio lo perdonara, pero cuando asimiló la situación lo único que le importó era que Johnny había muerto y que usted era el responsable. Y cuando el fiscal del distrito le dio la perorata y la amenazó con una posible implicación como cómplice del asesinato, decidió que sólo tenía una salida. Me temo que ante esto no podemos hacer nada.

–¡Tiene que existir algo que podamos hacer! ¡Por Dios, usted es mi abogado! ¡Ayúdeme!

–Señor Brandshaft, hago cuanto está en mis manos.

–¡Pues haga algo más, algo más! –sollozó sin la menor vergüenza–. Se lo pido por Dios, Vorhees, en mi vida maté una mosca. Le suplico que me ayude.

13

Step Sutter pasó el día siguiente en la cama, bebiendo cantidades ingentes de zumo de fruta y alternando entre el sueño delirante y largos y melancólicos ratos de vigilia. El viernes por la mañana se levantó, se vistió y acudió al sitio donde se celebraba el último oficio en honor de Warren Harkness. La capilla funeraria se encontraba a dos calles del Broadway que, en vida, Harkness no había conquistado. La asistencia era reducida y la procesión que acompañó sus restos hasta el cementerio fue aún menor. Furioso por la ausencia de todos los miembros del Grupo salvo un Sammy Schultz abatido, Step se dio cuenta de que no aguantaría hasta el final. Abandonó la capilla luego del breve panegírico y buscó señales de vida en las recalentadas y casi desiertas calles de la ciudad. Por alguna razón inexplicable se detuvo en el portal de un salón recreativo y barraca de tiro al blanco de Broadway y finalmente entró. No había nadie en la barraca, salvo un viejo soñoliento que limpiaba los rifles. Step le entregó veinticinco centavos e hizo cinco disparos rápidos al blanco móvil en forma de pato. El sonido de los disparos fue ensordecedor y sólo consiguió un acierto. Dejó el rifle sobre el mostrador y salió, relajado después de ese acto agresivamente sencillo.

El paseo por Broadway le recordó la caminata del día en que se lió con el Grupo de Actores y la Broma Brandshaft. Entonces había tenido que afrontar el mismo problema. Lo que le quedaba en los bolsillos no llegaba a un dólar y la paga del millón de la que hablaba Blackie no parecía tan real ni apremiante como la necesidad de comer, beber y pagar el alquiler. Evaluó la posibilidad de pedir una contribución a su padre y simultáneamente rechazó la idea. Recordó lo que Blackie le había dicho que podía hacer en caso de tener apuros económicos. Aunque ese recurso lo deprimía, supo que tendría que apelar a él. Dio la vuelta hacia el este por la Cuarenta y seis, rumbo al hotel residencial donde vivía la señora Cook.

Al llegar al vestíbulo, un conserje serio le preguntó qué quería y Step quiso saber si la señora Cook estaba en casa. El conserje gruñó y habló por el intercomunicador. La señora Cook debió de reaccionar bien cuando el conserje mencionó a Step, ya que éste se mostró más respetuoso y le dijo que subiera a la habitación 408. Step usó el ascensor automático y ensayó el discurso de petición.

Al abrir la puerta, Step vio que la señora Cook llevaba una mañanita de plumas encima de la bata, de las que una década antes habían estado de moda. La luz matinal no favorecía su rostro y su cuello. Saludó a Step con el entusiasmo de una jovencita.

–Ha llegado mi abogado predilecto –dijo, rió y lo cogió del brazo–. No te preocupes por el desorden, todas las tardes viene una mujer y hace maravillas. A Dios gracias, no soy ama de casa. ¡Qué suerte! –se dejó caer en el sofá curvo y decorado con brocados que dominaba la salita y ahuecó los almohadones–. ¿Qué cuentas, Step?

–Vengo de un funeral –respondió secamente y olvidó su decisión de mostrarse animado–. Seguramente está enterada de lo de Harkness.

–Sí, pobre hombre. Fue terrible. Supongo que estaba enfermo. ¿No es eso lo que ocurrió? ¿No tenía una enfermedad incurable?

–En cierto sentido, sí –reconoció Step.

–Es terrible –endureció la expresión–. Y muy inoportuno, ¿no te parece? Supongo que te has visto obligado a desplegar todo tu ingenio con tu amigo Brandshaft.

–Nos hemos cubierto las espaldas. Tuvimos que modificar el guión, pero nos arreglaremos. Brandshaft está convencido de que va derecho a la silla eléctrica, a no ser que yo saque un conejo del sombrero.

–¿Y lo harás? –rió como una chiquilla–. ¿Sacarás del sombrero un conejo de un millón de dólares?

–Todo se andará. Ahora mismo, señora Cook... –titubeó.

–¿Por qué no te sientas? Me pongo nerviosa al verte de pie. ¿Quieres beber algo?

Step se sentó a su lado.

–No, muchas gracias. Ahora mismo, señora Cook, tengo

un problemilla económico. Aunque me desagrada enormemente, Blackie me dijo que usted... que en el caso de que... bueno, en el caso de que necesitáramos ayuda económica...

–Ah –se cubrió las rodillas con la bata–. ¿Has venido a buscar dinero?

–No mucho. Pensé que si puede hacerme un préstamo de veinticinco dólares...

–¿Un préstamo?

–Por supuesto. Me propongo devolvérselo. En los últimos días he tenido que invertir en carreras de taxis y esas cosas. Tuve que comprar la cartera para dar la talla como asesor jurídico. Lo gasté en este tipo de cosas. Si no puede, no se preocupe.

–No seas ridículo –se apresuró a decir la señora Cook–. He invertido mucho en este asunto. Step, veinticinco dólares más no hacen una gran diferencia. Quiero que recurráis a mí cuando necesitéis dinero. Al fin y al cabo, soy parte de la broma –se arrimó a Step.

–Por supuesto. No podríamos haber hecho nada sin usted.

–Y tú eres abogado. ¿Pretendes engatusarme? –sonrió con los labios pegados a la cara de Step. Éste procuró simular su incomodidad–. Step, tienes una cara muy atractiva. A veces pareces un chiquillo que hace pucheros. Pero de chiquillo no tienes nada, ¿eh?

–Nada.

–Y Dee Dee te gusta a rabiar, ¿no?

–Hemos salido un par de veces.

–Es una joven encantadora, con la cabellera oscura y esos ojos maravillosos. Step, ¿no te parece hermosa?

–Sí.

–Y es joven, lo que para un muchacho siempre es importante. A ti te gustan jóvenes, ¿no, Step? Incluso a los viejos, a los malos bichos como Brandshaft, les gustan jóvenes. ¿Y a ti?

–Nunca pienso en la edad –respondió con elegancia.

–Dime, en este preciso momento, ¿piensas en la edad que tengo? –estaba tan cerca que sus motivos eran inconfundibles.

Step permaneció inmóvil, como una estatua insensible. Por alguna razón no había evaluado esa posibilidad cuando tomó la decisión de visitar a la señora Cook; tendría que haber recordado el matiz insinuante de sus palabras y sus gestos cuando se conocieron en el viejo estudio de la calle Siete. Entonces había considerado la posibilidad y llegado a la conclusión de que las obligaciones amorosas no serían una carga demasiado pesada, pero en ese momento sólo deseaba librarse de sus brazos fuertes y delgados.

–Señora Cook, quiero avisarle de que el otro día cogí un espantoso resfriado –respondió con delicadeza–. No me gustaría contagiarla.

–Pobrecillo –canturreó y le acarició la mejilla–. Deberías estar en la cama.

–Señora Cook, acabo de asistir a un funeral y no tengo ganas de meterme en la cama.

La mención del funeral sirvió de freno. La señora Cook lo soltó despacio, a regañadientes y no dio señales de haberse ofendido. Step suspiró, contento de haber salvado el obstáculo.

–Por supuesto –dijo la señora Cook y se mordió el labio–. Te diré una cosa, sospecho que el pobre hombre no estaba nada bien –se tocó la sien.

–¿Qué quiere decir?

–Ya me entiendes. Cometió una locura al visitar a Brandshaft. Podría haber echado a perder todo el plan. ¿No crees?

Step tensó la espalda contra el sofá.

–¿De qué habla? ¿En qué momento Harkness visitó a Brandshaft? Por lo que sé, nunca se vieron.

–¡Claro que se vieron! ¿No lo sabías?

–¡No! ¿Cuándo?

–Querido mío –la señora Cook se ruborizó–. Supongo que no quisieron decírtelo porque erais muy amigos. Fue la semana pasada. Telefoneó a Polo al estudio y dijo que tenía que decirle algo muy importante. Insistió en que Polo se reuniera inmediatamente con él enfrente, en el restaurante Sunshine. Como es lógico, Polo fue. Por fortuna, Polo regresó a tiempo y se encontró a Harkness en la puerta de la celda de Brandshaft. ¿Te das cuenta? ¡Estaba charlando con él en la puerta de la celda!

–¿Qué le dijo?

–No lo sé. Sin duda había bebido y, según Polo, tenía dificultades para expresarse. Fue una suerte para nosotros. Polo fingió que Harkness era un loco que se había colado en la cárcel. ¿Brandshaft no te lo comentó?

–No, concretamente, no. Sin embargo, la última vez que lo vi dijo algo raro. Comentó que había cosas extrañas...

–¿Sospecha algo?

–No, ni remotamente.

La señora Cook suspiró.

–De todas maneras, ya no tendremos que preocuparnos por Harkness, ¿verdad? Ahora que se ha ido no tendremos que preocuparnos por él –se puso de pie y se acomodó la bata a la altura de las caderas–. Step, te daré el dinero. Ni se te ocurra devolvérmelo. Ya sabes lo que se dice sobre los préstamos de dinero: es el modo garantizado de perder amigos. Y no quiero que eso ocurra entre nosotros.

La señora Cook lo tomó de la barbilla, lo miró a los ojos y sonrió.

En cuanto dejó atrás la entrada del hotel con el dinero en el bolsillo, Step se sintió en condiciones de telefonear a Vicki Brandshaft. Entró en la cabina más próxima y marcó su número. En esta ocasión no se mostró tan distante y confirmó que la cita de esa noche seguía en pie. Step le dio las gracias y quedó en recogerla a las siete.

Por la tarde llovía de nuevo y pasó media hora haciendo inútiles esfuerzos por parar un taxi. Cuando a las siete y media llegó por fin al apartamento de Vicki, ella le abrió la puerta y comentó:

–Pensé que habías cancelado la cita a causa de la lluvia.

Step le sonrió apesadumbrado. Vicki llevaba una chaqueta de punto negra encima de la blusa beige. Estaba más hermosa de lo que la recordaba y distinta de una manera inefable.

Step la llevó a Siboni's. Fue una buena elección. Con su ambiente original y sus precios moderados, Siboni's no era el tipo de restaurante que Vicki frecuentaba. No era de lujo ni bohemio. Los ejecutivos con cuentas de gastos y los periodistas de sociedad lo despreciaban, lo mismo que las hijas de los ricos cuando salían a visitar los barrios pobres. Step supo que había elegido bien en cuanto se sentaron y el camarero llevó a la mesa una botella de vino rosado.

–El señor Siboni me ha pedido que les traiga esto –dijo con galantería–. El señor Siboni tiene una regla según la cual, cada vez que una muchacha extraordinariamente hermosa entra en su restaurante, debemos traer a la mesa una botella de vino con su enhorabuena. ¿Me permiten? –llenó las copas.

Vicki estaba encantada y hacía esfuerzos por disimularlo.

–Es un lugar atractivo –comentó fríamente–. ¿Vienes a menudo?

–Siempre que puedo.

–¿Y... traen a tu mesa muchas botellas de vino rosado con la enhorabuena del señor Siboni?

Step se tapó la cara con la enorme carta y sonrió.

–Te recomiendo los escalopines –dijo.

Se sentía mejor. Tenía los pies pegajosos dentro de los zapatos todavía húmedos y un dolor sordo le machacaba las sienes, pero se sentía satisfecho y lejanamente feliz.

Tomaron entremeses, escalopines al Marsala, espaguetinis de harina integral con salsa de la señora Siboni y de postre Vicki pidió una tortilla al ron que no pudo acabar. Durante la cena apenas hablaron y Step tuvo la sensación de que Vicki esperaba que él planteara el tema de Delores Mason. Llevaba en el bolsillo de la chaqueta la falsa postal enviada por un servicio de mensajeros de Florida y aguardaba el momento adecuado para mostrársela.

La observó con atención mientras comía, vio los movimientos delicados y cursis del tenedor y el cuchillo, la etiqueta de escuela de pago en acción. Por mucho que lo intentó, no logró sentir un poderoso desdén por lo que Vicki era o debía ser: producto del dinero siempre a mano, de valores superficiales, de una educación baladí, típica hija de ricos. En primer lugar, era muy bonita. Los ángulos tersos y suaves del rostro, situado a pocos centímetros del suyo, le impedían concentrarse en algo que no fuera su belleza. Y sus ojos, los ojos que no había distinguido en la foto mal iluminada que Edward Brandshaft llevaba en la cartera, eran melancólicos e inteligentes. Cuando habló, Step supo que sus palabras no permitían transmitir el gélido desdén que percibió, sino que eran palabras escogidas con sumo cuidado por su valor defensivo. ¿De qué se defendía? ¿Intuía la verdad sobre él o Victoria Brandshaft trataba a todos los hombres con el mismo rasero?

Terminaron de cenar y Vicki no había mencionado ni una sola vez a Delores Mason. Hablaron de otros temas, trivialidades que la juventud, la luz de las velas y el vino rosado volvieron importantes. Step lo estaba pasando como nunca y tuvo que recordar por qué estaba allí.

Se enteró de que a Vicki le gustaba la música, los cuartetos de cuerda y los de jazz, y en el último momento intentó hacer una reserva para un concierto de medianoche. Como fracasó, ella lo invitó al apartamento a pasar la velada oyendo música. No planteó con afectación la invitación y Step aceptó.

Regresaron al edificio de Park Avenue a las nueve y media y sólo después de la segunda copa Step recordó la postal que llevaba en el bolsillo. La sacó de la chaqueta con indiferencia y dijo:

–¿Recuerdas lo que te dije por teléfono sobre esa chica, Delores Mason? Supuse que te gustaría ver esta postal.

Vicki la cogió y miró intrigada la foto.

–Venga, léela. La recibí esta mañana.

Vicki dio la vuelta a la postal y leyó el mensaje en voz alta:

–«Querido Dan: gracias por el dato. El hotel es maravilloso, lo mismo que Cayo West. Me estoy divirtiendo en grande. ¿No te gustaría estar aquí? Delores.» –Vicki se puso pálida.

–No te equivoques –dijo Step jovialmente–. Apenas la conozco. Sólo le recomendé el hotel, no reservé la habitación de al lado. ¿Te pasa algo?

Victoria abandonó el sofá y, sin pronunciar palabra, caminó hacia la puerta.

Step la siguió a toda velocidad.

–Vicki, ¿qué te pasa?

–Por favor...

Step sabía cómo sonaba una voz humana embargada por las lágrimas. Se estiró y la tomó del brazo. Vicki no lo apartó. La hizo girar y vio la evidencia en sus mejillas. Preguntó:

–¿Y ahora qué he hecho? ¿Qué pasa?

–Nada, nada –Vicki volvió la cabeza.

–Si hubiera sabido que una maldita postal podía hacerte daño...

–No es eso –se separó de Step, regresó al salón, se sentó en una esquina del sofá tapizado en seda y dejó correr las lágrimas.

Step hizo lo que correspondía: la dejó sola unos minutos, acudió a su lado y esperó pacientemente a que Vicki se sobrepusiera. Evidentemente, la postal le había causado un impacto mayor del que pensaba lograr.

–¿Quieres que hablemos? –preguntó Step amablemente–. Tengo dos orejas enormes y hombros fuertes.

Vicki lo miró y se secó las lágrimas con las yemas de los dedos.

–Es una tontería llorar así...

–No lo es si tienes algún motivo. ¿Lo tienes?

–Fue por malicia, por pura malicia.

–¿A qué te refieres?

–No entiendo por qué la gente es como es, por qué piensa de cierta manera, la mentalidad retorcida...

El mentón ya no le temblaba. Se puso de pie y se acercó al escritorio de madera clara arrinconado contra la pared, el mismo que Step había registrado hacía unos días. Abrió la tapa corrediza y sacó un sobre abierto. Regresó al sofá y se lo ofreció a Step.

–¿Seguro que quieres que lo lea?

–Adelante –dijo con amargura–. Entérate de lo infame que puede ser la gente.

Step abrió el sobre y retiró la carta. Bajo el membrete de la Agencia Inmobiliaria Brandshaft había un mensaje mecanografiado sin un solo error.

Estimada señorita Brandshaft:

Considero mi deber informarla de un asunto relacionado con su padre. Como probablemente sabe, el señor Brandshaft se propone tomarse un mes de vacaciones a partir del 10 de agosto y supongo que piensa hacer su visita anual a Maine.

Hace poco la empresa contrató a una joven mecanógrafa y administrativa llamada Delores Mason. La señorita Mason, cuyo aspecto es impresionante, no ha cumplido sus tareas de una manera, para mí, totalmente satisfactoria. Sin embargo, el señor Brandshaft ha considerado adecuado reclamar sus servicios en horas extraordinarias. Aunque no dispongo de información de primera mano, corre el rumor de que el señor Brandshaft y la señorita Mason también tienen relaciones íntimas fuera de la empresa.

Normalmente, consideraría que sus relaciones no son de mi

incumbencia, pero una coincidencia reciente me ha impulsado a escribirle. Ayer la señorita Mason presentó una petición de permiso para ausentarse durante un mes, a partir del 10 de agosto. No extraigo conclusiones de la coincidencia de las fechas pero, teniendo en cuenta todas las circunstancias, me pareció aconsejable ponerla en antecedentes. Si puedo serle útil en algo, hágamelo saber.

Le saluda cordialmente,

Robert Seaton

–¿Quién es Seaton? –preguntó Step, que ya lo sabía.

–Es el factótum de la empresa de mi padre. Un hombrecillo sórdido, un infame difusor de rumores...

–Por lo menos sabes que no es verdad. ¿Fue por este... por este motivo por el que volviste a casa?

Vicki encendió un cigarrillo y asintió.

–Dan, mi padre es un hombre extraño, quizá no más que la mayoría de los hombres, pero tiene una rareza...

–¿Estás segura de que quieres hablar del tema?

–Sí, quiero contártelo.

Apoyó la cabeza en el respaldo del sofá, arrojó largas columnas de humo y cuando tomó la palabra no le miró ni una sola vez.

–Supongo que está relacionado con su primera esposa. Sólo tenía diecisiete años cuando papá la conoció y era una beldad. Era actriz. Mejor dicho, tuvo un papel de poca monta en un musical titulado *Atrapa al tigre* o algo parecido. Aún tengo una foto de ella en el grupo de coristas, con su vestido de flecos, la diadema y el pelo corto. No estuvieron casados mucho tiempo, alrededor de tres años. Ella se lió con uno de los bailarines del coro, un adonis rubio y egoísta. Papá se enteró y la echó de casa. La pobre eligió un mal momento, papá estaba a punto de ganar el primer millón con la agencia inmobiliaria. Resumiendo, papá se divorció de Harriet Rice, que así se llamaba, y ella se casó con su adonis rubio, incluso tuvieron un hijo. A la larga también le abandonó. En cuanto a papá, un año después, consiguió el millón que buscaba y la fortuna de la familia empezó a crecer. Entonces conoció a mamá, Estelle Mansville Rigsby, una niña bien de Bar Harbor. Era una gacela de diecinueve años. Papá tenía treinta cuando se casaron. Mamá murió cuando yo tenía quince años –siguió explicando Vicki–. Menos de un año después, sospeché que a papá le interesaban otras mujeres. No me refiero a mujeres de su edad, sino a mujeres de la edad de sus esposas. Fue una certeza aterradora, aunque ni siquiera supe por qué me asusté tanto. La historia siguió durante mucho tiempo. Hace un año, llegó a su punto decisivo. Estaba estudiando en Massachusetts cuando un empleado de papá me envió una carta y decidí volver a casa para averiguar qué pasaba. Llegué tarde y entré sin avisar. Fue entonces cuando la encontré en mi habitación.

Step estaba inmóvil y casi no respiraba. Vicki prosiguió:

–Como te puedes imaginar, la sorpresa fue mayúscula. La chica era... era más joven que yo, supongo que tenía cinco años menos que yo. Y el verla de esa manera, en mi casa, fue... –Vicki se tapó los ojos–. Fue la última noche que pasé en mi cuarto. Como es lógico, papá estaba muy trastornado. Intentó aguantar el chaparrón, hacérmelo entender, y librarse gritando y ruborizándose. Me sentía demasiado dolida y furiosa para perdonarlo. Quise mucho a mi padre y eso era... bueno, ya no tiene importancia. Más tarde medité, me avergoncé de la actitud que había adoptado con él y acordamos una especie de tregua. Le di a entender que tenía un problema emocional y que necesitaba ayuda. Estuvo de acuerdo conmigo, incluso aceptó tratarse con un psicoanalista, el doctor Granik. Dudo de que confiara en la terapia, pero era la forma de compensarlo ante mí, de volverse respetable a mis ojos...

–Es duro –opinó Step y chasqueó la lengua–. Quiero decir que tuvo que ser muy duro para ti, aunque... –calló.

–¿Qué ibas a decir?

–Será mejor que no diga nada. Me caes bien y quiero caerte bien.

–Pues ahora tienes que decírmelo –insistió Vicki–. ¿Qué ibas a decir?

–Me parece que el único problema fue que tu padre se comportó... de manera indiscreta. Reconoce que... bueno, que como adulto estaba en su derecho. No cometió adulterio ni nada que se le parezca. El hecho de que las chicas fueran tan jóvenes vuelve difícil la cuestión, pero reconoce que la juventud puede ser atractiva en sí misma.

–¿Intentas decirme que me equivoqué? No hace falta, lo sé. Me he sentido culpable hasta el infinito.

–No es eso. Me parece que tu padre no actuó como... como un delincuente, sino como un simple ser humano. Quizás es algo mayor y necio, pero no deja de ser humano –la miró a los ojos–. ¿Y ahora qué he hecho? ¿He bajado en tu estima?

–Me caes mejor que nunca –sollozó Vicki Brandshaft.

Por la mañana, al despertar, Step se sentía distinto. Se vio diferente en el espejo mientras se afeitaba y hasta su cuarto era distinto. Estaba más encantado que desconcertado por la extraña sensación que experimentaba y no le resultó difícil establecer su origen. En su vida habían existido mañanas parecidas, pero no podían compararse con la que ahora disfrutaba. Predominaba un viejo sentimiento en el que se podía confiar...

Por la tarde telefoneó a Vicki Brandshaft.

–He decidido renunciar a los robos –declaró–. He decidido jugar limpio. Pero con una condición: volver a verte esta misma semana.

Vicki no entró en el juego. Su voz sonó tan fríamente mecánica como el aparato que la transmitía.

–¿Quién eres? –quiso saber.

La pregunta sorprendió a Step.

–¿Qué dices?

–¿Qué pretendes de mí? ¿Qué te propones?

–Espera un momento...

–¿No me dijiste que trabajabas para Updyke, Sutter, Sullivan y Gouterman? –preguntó burlonamente.

–Eso te dije –respondió y se sintió aliviado.

–Ya lo sé, tengo muy buena memoria. Esta mañana sentí deseos de hablar contigo, no me preguntes por qué. Como no encontré tu nombre en el listín, llamé al bufete. Pensé que, aunque fuera sábado, tal vez habría alguien, alguien que me dijera cómo encontrarte. En el bufete nadie ha oído hablar de Dan Vorhees.

–Pensé que no lo entenderías. Es un acuerdo peculiar...

–Sí, no me cabe la menor duda.

–Vicki, tienes que darme la oportunidad de explicártelo. Sólo pido cinco minutos.

El teléfono hizo clic y se desconectó.

Step buscó a Blackie y lo encontró en el estudio. Lo llevó al portal y le dijo:

–Blackie, tengo que hablar contigo. Es muy importante.

–Por supuesto, Step. ¿Qué pasa?

–No quiero hablar aquí. Todavía no he desayunado. Te invito a un café.

En el reservado del restaurante de enfrente, Step permaneció sentado, revolvió el café e intentó dar con las palabras que suavizaran la dura realidad de su decisión. Como no las encontró, soltó de sopetón:

–Blackie, quiero borrarme ahora mismo.

El director parecía esperárselo, porque ni se inmutó.

–Step, comparto lo que sientes –dijo afablemente–. Yo he sentido lo mismo al ver cómo se lo ha tomado Brandshaft. Es difícil ver a un tipo tan íntegro.

–Entonces dime que estás dispuesto a suspender el espectáculo.

Blackie sonrió, convencido de que a Step le había dado por la ironía.

–¿Qué quieres que te diga? –Blackie se encogió de hombros–. Vamos, adelante, abramos la puerta y dejemos escapar a la paloma. ¿Quieres que hable con los polis de la realidad? Step, tenemos que seguir hasta las últimas consecuencias.

–Tal vez tú, Blackie, pero yo... quiero acabar, del mismo modo que me propongo terminar esta taza de café.

–¿Te molestaría decirme por qué?

–Porque ya no es divertido.

–¿Quién dijo que era un juego? Yo nunca lo dije. Ya me divertiré más tarde, con parte del dinero en el bolsillo.

–Blackie, sácame del cartel. Dile a Brandshaft que renuncié a la defensa por imposible. No me necesitas.

–Coño, Step, eres el hombre clave de la operación. Estás muy convincente, pareces un auténtico criminalista. Si Elia Kazan viera tu interpretación, te daría un papel estelar.

–Corta el rollo –murmuró Step–. No estoy rescindiendo el

contrato. Quédate con mi porcentaje de taquilla, si es que cobras algo.

Blackie dejó la taza de café sobre el plato y observó a Step atentamente. Finalmente dijo:

–Step, con o sin dinero no podemos seguir adelante sin ti.

–Tendrás que encontrar una solución.

–Estoy hasta la coronilla de buscar soluciones. Para variar, quiero que todo marche sobre ruedas. Pretendo seguir el guión al pie de la letra.

–Tuvimos que cambiarlo cuando Harkness reventó.

–Harkness –musitó Blackie–. Tienes razón. Es gracioso, Harkness también quiso abandonar.

–¿Cuál es la gracia?

–Nada, quise decir que es una coincidencia. Primero Harkness y ahora tú. Es una lástima. Harkness se podría haber retirado con el dinero que habría ganado, no habría tenido que hacer lo que hizo... –Blackie se pasó el filo de la mano por el cuello y emitió un sonido chirriante.

–No te hagas el cómico –Step hizo una mueca de dolor.

–No me he reído, Step. ¿Me has visto reír?

–¿Entonces qué es lo que haces, amenazarme?

Blackie sonrió.

–Chico, este asunto de polis y ladrones se te ha subido a la cabeza. Step, ¿me crees capaz de amenazar a mi amigo del alma? –se puso serio–. No olvides que hay más personas implicadas. A algunas les sentaría muy mal que abandonaras. Piensa en Chili, por ejemplo. Nunca confié en él. ¿Has visto la cara que pone a veces? Sus ojos parecen punzones para romper hielo –Blackie adoptó un tono confidencial–. Y no te olvides de Myron. Step, te aseguro que ese tipo es un matón de la peor catadura. ¿Sabías que está fichado? Hablo en serio. Pasó tres años en Ossining por robo a mano armada. ¿Entiendes lo que quiero decir?, ¿te das cuenta de por qué me preocupo cuando dices estas cosas?

–Me doy cuenta –respondió Step irónicamente.

–Si la situación no estuviera próxima a su punto decisivo, sería distinto. Step, estamos al borde de dar el gran golpe –extendió las manos–. Venga, no seas cobardica. Vamos, tío, quédate con nosotros –con exagerada camaradería dio un puñetazo en el brazo de Step.

Step acabó el café antes de responder.

–De acuerdo –dijo–. De acuerdo, me quedo con vosotros, pero con una condición.

–¿Cuál?

–Quiero que bajemos el telón ahora. Brandshaft está absolutamente convencido de que se enfrenta a la silla eléctrica. Digámosle qué tiene que hacer para comprar su libertad.

Blackie pensó y replicó como una seda:

–Aceptado, Step, si estás seguro de que nosotros estamos preparados.

14

Al ver a su abogado, Brandshaft se arrojó sobre la puerta de la celda como un animal desesperado. El carcelero se incorporó alarmado y el defensor intentó calmar al cliente con un discurso tranquilizador.

–Cálmese, señor Brandshaft, todo va bien...

–¿Qué significa que todo va bien? –el grueso cuerpo de Brandshaft temblaba, y parecía más que nunca un salvaje–. ¿Dónde se ha metido? ¿Por qué no vino ayer?

Vorhees hizo una señal al carcelero, que le abrió la puerta de la celda.

–Estuve ocupado –explicó serenamente. Guiñó el ojo a Brandshaft y se volvió hacia el carcelero–. Oiga, agente, me he quedado sin cigarrillos. ¿Tendría la amabilidad de comprarme una cajetilla de Camel?

El poli se rascó el mentón afeitado.

–Caray, señor Vorhees, no sé. No quieren que salga, sobre todo si el señor Brandshaft tiene visitas. Ya sabe, cosas del reglamento.

Vorhees sacó del bolsillo un billete de diez dólares.

–Claro que lo sé, pero es duro estar sin fumar. Sólo quiero los cigarrillos, no el cambio.

El guardián cogió el billete y sonrió.

–Ahora lo entiendo. Está bien, señor Vorhees, iré a por el tabaco.

Dio media vuelta y abandonó airosamente la estancia, guardándose el billete en el bolsillo. En cuanto quedaron solos, Vorhees acercó la silla y se sentó a horcajadas.

–Présteme mucha atención –pidió el abogado con un tono de voz que era poco más que un susurro–. Tenía que librarme del carcelero para estar seguro de que nadie pudiera oírnos. Lo que voy a decirle es, probablemente, lo más importante que ha oído en su vida.

–¿De qué se trata? –preguntó Brandshaft roncamente–. ¿Qué ha ocurrido?

–De momento, nada, todavía no ha pasado nada bueno, pero es posible que se nos presente la gran ocasión.

–¿De qué habla?

–¿Recuerda lo que le dije sobre la nueva declaración de la chica, en la que le acusaba de haber asesinado a su marido?

–¿Cree que lo he olvidado?

–Le seré sincero. Cuando me enteré, estuve a punto de renunciar a la defensa. Sé que es doloroso, señor Brandshaft, pero en su condición de hombre de negocios es posible que comprenda lo que sentí. Hace tres años que no pierdo una causa criminal. ¿Sabe lo que eso significa para un abogado? ¡Ni una sola condena en tres años! Es como un boxeador con una sucesión ininterrumpida de combates ganados por K.O. Así es como obtiene los mejores combates, los porcentajes más altos. A mí me pasó lo mismo. ¿Quiere saber por qué? Porque siempre apoyé al ganador. No estoy diciendo que en el cien por ciento de los casos mis clientes fueran inocentes... aunque así prefiero pensarlo. Pero las circunstancias poseían la suficiente atmósfera de inocencia, supongo que me sigue. Sinceramente, cuando Jerry Hannah me habló de su defensa, pensé que existía esa atmósfera hasta que... –guardó silencio.

–Prosiga –dijo Brandshaft hoscamente.

–Hasta que la chica, Delores Mason, firmó esa declaración. Señor Brandshaft, no me andaré con rodeos, en ese momento se me vino el mundo abajo. Era su único testigo y nuestra única esperanza. Supe que usted no tenía la menor oportunidad con ese testimonio en contra. Cabía esperar que, en virtud de su edad y de su posición, lo condenaran a cadena perpetua. Pero en los jurados suele haber muchas gallinas viejas e incomprensivas y tal vez usted se habría convertido en el próximo candidato del estado a ocupar la silla eléctrica. Por eso quise dejar el caso, señor Brandshaft. ¿Me entiende?

Brandshaft no respondió porque los problemas profesionales de Dan Vorhees le importaban un bledo.

–Bien –prosiguió Vorhees–, estaba a punto de abandonar el caso y seguir con mi historial sin mácula hasta que se me ocurrió una idea. Era una idea loca e improbable, pero ha merecido la pena –hizo un alto y enmarcó las palabras siguientes en ese silencio expectante–. Señor Brandshaft, puedo sacarlo de aquí. Quedará libre y limpio a cambio de dinero.

Step aguardó. Brandshaft se mostró sorprendido y deseoso de seguir escuchándolo, pero el abogado prolongó la pausa.

–Continúe. ¡Por amor de Dios, continúe!

–De acuerdo. Escuche lo que he pensado. Sabía que la clave del caso estaba en el testimonio de Delores Mason. Fui a ver al fiscal y le pedí que me permitiera hablar en privado con ella. Se negó, como era de prever, dijo que podría interrogarla en la barra de los testigos y ahí quedó la cosa. Pero no me dejé amilanar. Señor Brandshaft, tengo conexiones importantes en la cámara legislativa estatal y visité a algunos amigos. Movieron influencias y ayer tuve ocasión de charlar con su antigua amiguita.

Vorhees se acercó a la puerta de la celda y miró pasillo abajo. Volvió a ocupar la silla.

–Al principio no quiso hablar. Se ciñó a sus palabras y las repitió como un loro. No me extrañaría que el fiscal se las hubiera dictado. La dejé desvariar y la sorprendí con una propuesta. En un primer momento la rechazó, pero insistí hasta que me escuchó. En cuanto me oyó, se mostró interesada y supe que el pez había mordido el anzuelo. Señor Brandshaft, le propuse que se retractara de la última declaración. No a favor de la primera, sino a partir de otra explicación de los hechos, una explicación aún mejor.

–¿Qué sugiere? Si ella se limita a decir la verdad...

–¿No se da cuenta de que con la verdad no basta? Con la verdad el jurado puede decidir castigarlo por homicidio involuntario. Señor Brandshaft, eso significa diez o veinte años entre rejas y le aseguro que se trata de una vida muy dura. ¿Hay tanta diferencia entre morir en la silla eléctrica o en chirona?

–No –replicó Brandshaft y miró a su alrededor–. No, no podría soportarlo...

–Me hago cargo. Aproveché mi ventaja y fui a por el premio gordo. Le hice una pregunta demasiado buena para que la rechazara... siempre y cuando confesara que ella había matado a Johnny Rodriguez.

Brandshaft sacudió la cabeza como si hubiese recibido un puñetazo.

–¡Pero si no lo hizo! –exclamó–. ¡No puede confesar un crimen que no cometió!

–¿Está seguro? Será mejor que le muestre exactamente a qué me refiero –Vorhees metió la mano en la cartera y sacó un papel. Leyó en voz alta–: «Por la presente yo, Delores Mason, confieso que he matado a mi marido, John Rodriguez. Edward Brandshaft no tuvo nada que ver. Mi marido me había pegado despiadadamente y, en legítima defensa, cogí la pistola de la mesilla de noche del dormitorio e intenté rechazarlo. No hizo caso de mis advertencias y siguió golpeándome. Durante la refriega el arma se disparó y él murió. Edward Brandshaft sólo se declaró responsable de esta muerte para protegerme. Todas las declaraciones previas sobre las circunstancias de la muerte de John Rodriguez son falsas. Ésta es la verdadera relación de los hechos. Firmado: Delores Mason».

Vorhees sonrió triunfal.

–¿La firmó? –preguntó Brandshaft y se incorporó lentamente–. ¿Es verdad que la firmó?

–Con calma, señor Brandshaft, no es tan sencillo. Alegará legítima defensa para justificar que disparó a Johnny, pero eso no significa que no corra riesgos. Por eso le hice una propuesta, señor Brandshaft, una propuesta económica. Agárrese fuerte: le dije que le entregaría un millón de dólares en billetes si firmaba este papelito. Me vi obligado a hacerle una gran oferta, ¿comprende? Su amiga se juega el cuello. Tuve que volver irresistible la paga para que no pudiera rechazarla. Si usted no quiere pagar, está en su derecho, haremos cuanto podamos con la declaración de que ahora dispone el fiscal del distrito.

–¡Imposible, esa declaración me condena!

–Es lo que pensé, señor Brandshaft, y por eso me desviví para lograr este trato. O lo toma o lo deja. Reconozco que es mucho dinero...

–¿Dinero? –Brandshaft repitió la palabra como si ignorara su significado–. ¿Y el dinero qué tiene que ver? ¿Qué importancia tiene?

–Señor Brandshaft, yo lo vi desde esa perspectiva, pero no se trata de mis bienes. ¿Dispone de esa suma? Según Jerry Hannah, no tiene problemas económicos.

–Tengo cinco, seis millones, no lo sé a ciencia cierta, todo depende de las fluctuaciones del mercado. Guardo alrededor de medio millón en una caja de seguridad, una parte en efectivo y otra en valores...

–Creo que ella aceptará esa cifra –se apresuró a decir Vorhees–. Será el modo más sencillo de hacer viable el trato, siempre y cuando usted esté de acuerdo.

–¡Claro que estoy de acuerdo! –se le quebró la voz y luego soltó una carcajada–. Si ella firma me soltarán, ¿no? ¿Le creerán?

–No creo que surjan dudas. No tendrán ningún elemento para retenerlo. En la pistola no aparecieron huellas dactilares reconocibles ni existen pruebas indirectas que demuestren que usted o ella hicieron el disparo fatal. En realidad, señor Brandshaft, acabará siendo una especie de héroe que intentó proteger a la chica. Aparecerá ante el mundo bajo una perspectiva mucho más favorable. Incluso... –Step hizo una pausa–, incluso su hija se sentirá orgullosa de usted, señor Brandshaft, por haber hecho lo que hizo.

–Victoria –murmuró Brandshaft, se sentó en la litera y se sujetó la cabeza con las manos–. Ocúpese de que Delores Mason firme. Dése prisa, no vaya a ser que cambie de idea.

Vorhees le miró compasivo. Se acercó y apoyó una mano en el hombro fornido de su cliente.

–Hay un problemilla técnico –dijo afablemente–. ¿Cómo conseguimos el dinero?

TERCER ACTO

15

En cuanto entró en Siboni's, Step se dirigió al *maître* con tono firme:

–Mesa para dos, espero a una señora.

Abrigaba la esperanza de que su jugada diera resultado. La respuesta de Vicki a su mensaje telefónico urgente no había sido satisfactoria y sólo las misteriosas indirectas sobre su padre la llevaron a interesarse en el almuerzo por Step.

Eligió una mesa del fondo y esperó, sin probar la copa que había pedido. Aguardó hasta que pasaron quince minutos de la hora acordada y en ese momento vio a la chica de chaqueta de *tweed* que, con rígida gracia, sorteaba las mesas. Se levantó y le ofreció una silla; ella no le miró mientras tomaba asiento. Cuando Step hizo un comentario jocoso, Vicki apretó los labios y replicó:

–Para mí has dejado de ser gracioso.

–Comprendo lo que sientes, pero en realidad no sabes por qué lo hice.

Vicki le miró con hostilidad.

–¿Cómo quieres que te llame? ¿Smith? ¿Jones? ¿O realmente eres Vorhees?

–Soy Vorhees –respondió–. La verdad es que no trabajo para Updyke, etcétera. Conozco a alguien que trabaja en ese bufete y fue lo primero que se me ocurrió. Mentir nunca se me dio bien.

–En mi opinión, mientes como Pinocho –comentó con acritud.

–Tenía un motivo, un motivo importante. O eso pensé en su momento. ¿No quieres saberlo?

–Dijiste algo sobre mi padre...

–Ahí voy. No te dije la verdad para defender a tu padre. Vicki, no trabajo para un bufete de abogados. Lo dije porque no quería preocuparte inútilmente. La verdad es que trabajo para el Gobierno, soy investigador especial de Rentas Públicas. ¿Me culpas por haber sido tan reservado?

Vicki estaba perpleja.

–No entiendo ni pío. ¿Por qué...? ¿Se ha metido mi padre en líos? ¿Tiene algún problema?

–Te aseguro que no es nada grave. Se trata de algo que puede aclararse fácilmente y tu padre no habrá querido que te preocupe por esta cuestión.

–¿Cómo puede arreglarse?

–En primer lugar, tu padre necesitará dinero.

–¿Dinero? ¿De qué me estás hablando?

–Oye, quiero que veas algo antes de que te convenzas realmente de que soy un timador –se metió la mano en el bolsillo–. Es una carta de tu padre. ¿Conoces su letra?

–Perfectamente.

–Me alegro. Como te pide que le hagas un favor, recomiendo que la leas con atención.

Vicki le arrancó el papel de la mano y leyó:

> Querida Victoria:
>
> Por motivos comerciales necesito el contenido de la caja de seguridad que tengo en el First National Bank de la calle Cuarenta y siete. Con esta carta te autorizo a entregar intacto el contenido de la caja al señor Dan Vorhees, que se pondrá en contacto contigo. El señor Vorhees es de mi más absoluta confianza. Tiene la llave de la caja y el número es el 1186. El alquiler está a mi nombre y al tuyo, de manera que tendrás que identificarte para que el banco te autorice a retirar el contenido de la caja. Te ruego que me hagas este favor lo antes posible.
>
> Papá

Vicki le miró a los ojos cuando acabó de leer la nota.

–¿Cómo sabe papá que estoy aquí?

–No lo sabe –respondió Step–. Me pidió que me pusiera en contacto contigo en Medwin, Massachusetts, y que te pidiera que vinieras a pasar el día en Nueva York. No le dije que estabas en la ciudad, pensé que no te interesaba que lo supiera. Ah, aquí está la llave de la que habla –se la mostró–. Uno ocho ocho seis. ¿Podrás hacerlo hoy mismo?

–Claro, es importante. ¿Quieres acompañarme?

–Si te parece bien... Podemos ir después de comer. ¿Tienes con qué identificarte?

–Entre otras cosas, llevo en el bolso la tarjeta de inscripción universitaria. Además, en una ocasión estuve con el señor Potter, uno de los vicepresidentes del First National. Una noche papá lo invitó a cenar a casa –miró el mantel–. Dan, lamento todas las tonterías que dije...

Step sonrió.

–No fue culpa tuya, debí inventarme una historia más verosímil.

–Podrías haber probado a decir la verdad.

–Tienes razón –reconoció y deslizó la mano por la mesa hasta rozar las puntas de los dedos de Vicki–. Supongo que... supongo que muy pronto volverás a la universidad.

–Sí, dentro de una semana –respondió Vicki.

–¿Y cuándo volverás a Nueva York?

–Supongo que podré pasar unos días al acabar el curso de verano. En septiembre se reanudan las clases y no regresaré hasta el puente de Acción de Gracias.

–Es mucho tiempo.

–Y es mi último curso. Después...

Después, pensó Step y en su mente se formó la imagen de Brandshaft en la celda de la cárcel. Apretó los dedos de Vicki y no dijo nada.

Una hora más tarde caminaba entre el gentío del centro de Manhattan con una fortuna envuelta en piel bajo el brazo. El mundo se había convertido en un sitio tan irreal que ni siquiera la brutal realidad (cien mil dólares en efectivo y trescientos mil en valores negociables: ¿existía algo más real y concreto?) disipaba la ilusión de estar en una pesadilla. Blackie y los demás no sabían que se haría tan rápido con el dinero. Estarían encantados y felices de tenerlo en sus manos. Lo felicitarían, le palmearían la espalda y alabarían su sagacidad. Bajo su brazo, la cartera se había convertido en algo vivo y letal. La apretó con más fuerza para mantener cerradas sus mandíbulas babeantes, para apretarle los dientes, para dominar su voraz apetito. Caminó, trotó, corrió a tramos, tropezó, jadeó, volvió a andar despacio, haciendo ingentes esfuerzos por entregar viva la bestia, por librarse de ella, quitársela de encima, quedar a salvo.

Por fin llegó a la puerta del teatro del Grupo de Actores. La abrió con un golpe de hombro y gritó:

–¡Blackie!

El eco retumbó en la estancia cavernosa y vacía. Blackie no estaba y no obtuvo respuesta. Se detuvo en medio de la sala, dio la vuelta y escudriñó en los rincones: no había nadie.

Se dirigió a la habitación del fondo, la de la cárcel, y recordó que al cruzar la puerta le haría falta otra máscara: la cara serena y sensata de Dan Vorhees.

Abrió la puerta y recorrió parsimoniosamente el pasillo.

Vio el escritorio, el escritorio del guardián, el escritorio de Polo. La silla estaba vacía.

–¿Dónde...? –susurró.

Se acercó lo suficiente como para mirar a través de los barrotes de la celda de Brandshaft. Éste estaba tendido cuan largo era en la litera, y dormía. Estaba dormido y solo.

No habían existido augurios: ni estrellas fugaces, ni truenos, ni relámpagos en zigzag. Step tuvo conciencia de lo que había sentido durante esa caminata de pesadilla por la ciudad: la presencia del desastre. Dejó la cartera, esa cartera horrible e hinchada, sobre el escritorio y se acercó a la celda. Llamó a Brandshaft. Se aferró a los barrotes y gritó el nombre como cuando se da una orden. Se volvió y miró hacia la pared, contempló el llavero que colgaba de un clavo en el muro de cartón piedra pintado de verde. Cogió el llavero, abrió la puerta y entró en la celda. Pronunció en voz alta y claramente el nombre de Brandshaft con tono de apremio y súplica. Supo que tendría que tocarlo, que su mano tendría que entrar en contacto con la figura inmóvil para cerciorarse de lo que ya sabía. Como no quería tocarlo, gritó:

–¡Brandshaft! ¡Por todos los santos, Brandshaft!

Supo que era un grito en el vacío. Sin analizar la sutil alteración en la expresión de Brandshaft, sin tocar el mechón de pelo cano enmarañado y sin tener el convencimiento de que la mancha de sangre coagulada era consecuencia de una herida, Step supo que su cliente, su víctima, estaba más allá del alcance de sus gritos. No era la primera vez que se enfrentaba a la muerte y sabía que ésta era muchas cosas pero, sobre todo, silencio. Brandshaft estaba muerto. Durante un instante de lucidez, Step fue lo bastante racional como para buscarle el pulso, un hálito, un murmullo de conciencia. No encontró nada: sólo silencio. Cuando apartó las manos tenía las palmas ardiendo y pegajosas. Está muerto, pensó Step serenamente.

Salió de la celda y dejó la puerta abierta. Colgó el llavero en su sitio y se sentó ante el escritorio que el carcelero había dejado vacante. Apoyó las manos en la tabla y al verlas tuvo náuseas y se encogió.

Una hora o un minuto después, Polo Dobek, que llevaba un impermeable gris claro encima del uniforme de guardián, cerró la puerta y recorrió el pasillo silbando con los dientes apretados.

Se detuvo al ver a Step de rodillas e interrumpió bruscamente sus silbidos. Step soltó unas palabras entre llantos y ese sonido animal dejó asombrado a Polo, que torció el gesto.

–¡Santo cielo! –exclamó.

Step se aferró al borde del escritorio y logró ponerse de pie.

–Sois unos cabrones –gimió–. Sois unos cabrones traidores.

–¡Por favor, Step! Oye, ¿qué te pasa?

–Carniceros –mumuró Step–. Malditos...

Polo miró hacia la puerta abierta de la celda. Parpadeó y se acercó. Entró en la celda y al salir estaba pálido como un fantasma. Fue un buen efecto, una magnífica interpretación, pensó Step.

–Buen trabajo –se burló Step–. Polo, has interpretado perfectamente tu papel. Finge sorpresa, es lo que corresponde. Simula una gran sorpresa, como si no lo hubieras sabido desde el principio...

–¡Step! Por Dios, yo no fui. Pasé toda la noche fuera. Me harté de oír quejarse al viejo... –apoyó las manos en los hombros de Step–. Tienes que creerme, no estuve aquí. ¡No tengo nada que ver con esto!

Step apartó las manos de Polo y dijo cansinamente:

–Déjame, déjame. Deja de interpretar, Polo, el telón ha caído. No necesitas representar ante mí.

–Step, tenemos que encontrar a Blackie. Hemos de hacer

algo. El viejo está muerto, ¿te das cuenta? ¡No es ninguna broma!

–Claro que no es una broma –aseguró Step–. No es una broma, Polo.

–No te muevas. Step, no te muevas de aquí. ¿Me oyes? Iré a buscar a Blackie... –intentó alejarse, pero Step le aferró la muñeca–. Suéltame. ¡Tengo que encontrar a Blackie!

–Polo, no escaparás, aquí te quedas.

–¿Te has vuelto loco? –preguntó Polo a la desesperada–. Necesitamos a Blackie. Seguro que Blackie sabe lo que hay que hacer...

Step sujetó el cuello del impermeable de Polo. Giró el paño hasta que las mejillas del joven rubio se tiñeron de rojo y sus ojos parecieron saltar de las órbitas.

Polo estaba demasiado aterrado para gritar. Sólo cuando Step aflojó la tensión, jadeó:

–¡Espera! ¿Qué pretendes?

–Hablar –replicó Step con voz ronca–. Quiero saber la verdad.

–Tío, estás flipado...

–Polo, de momento sólo tenemos un fiambre entre manos. Si quieres convertirte en el segundo, no respondas a mis preguntas. ¿Por qué abandonaste el estudio? ¿Quién te ordenó que dejaras solo a Brandshaft?

–Nadie me lo ordenó...

–¡No me vengas con cuentos! Se te había encomendado la misión de no dejarle solo. ¿Por qué lo hiciste? ¿Te lo pidió Blackie?

–¡No! ¡Socorro!

–Polo, ¿no te das cuenta? Alguien quería sacarte de aquí. ¿Fue Blackie?

–No, Step, te aseguro que no. Me largué por mi cuenta, ya no soportaba este sitio. Te ruego que me dejes ir a buscar a Blackie. Reunamos el Grupo. Tenemos que pensar...

Step pensó y respondió:

–De acuerdo, reúne a todos. Pero antes tengo que hacer algo.

Alzó la cartera hinchada, dio media vuelta y caminó por el pasillo hacia la salida. Oyó que Polo marcaba un número de teléfono.

En la esquina de la Octava Avenida había una boca de metro. Bajó la escalera deprisa y comprobó que la memoria no le fallaba: detrás de la taquilla había una sucesión de consignas automáticas. Pidió cambio al hombre de la taquilla e introdujo una moneda de veinticinco centavos en la ranura de la consigna 942. Metió la cartera, cerró con sumo cuidado y se guardó la llave en el bolsillo.

Sólo entonces regresó al escenario de engaño y muerte.

Era la primera vez que se reunían todos después del nacimiento de la Broma Brandshaft, en el mismo estudio donde ahora yacía el cuerpo ensangrentado y sin vida de Edward Brandshaft. Volvían a conspirar, pero sin risas, sin bromas ni chanzas. En un caso hubo hasta lágrimas.

–Oiga, señora Cook –dijo Blackie con paciencia–. Esas lágrimas no ayudan a nadie. Debemos pensar con lucidez.

–No puedo evitarlo –sollozó la mujer–. No debimos llegar tan lejos. Debimos pensarlo mejor...

Con su pronunciado perfil soñador, Vince Whiting dijo:

–En cierto sentido, es mejor. Tenemos que reconocer que resuelve la situación.

Step no soportó la paradoja:

–Conque la resuelve, ¿eh? Debimos incluirlo en nuestros planes desde el primer momento.

Polo dio pataditas contra el suelo.

–¡Maldita sea! Blackie, ¿ves ahora a qué me refería? Este hijoputa plantea las cosas como si lo hubiéramos hecho nosotros. ¡Da a entender que nosotros matamos al viejo!

–¡Silencio! –ordenó Blackie secamente–. Tú tienes la culpa por haberlo dejado solo –Blackie se enfrentó a Step y preguntó fríamente–: ¿Qué pasa, Step, qué pasa? ¿Crees que nosotros matamos a Brandshaft?

–Tiene sentido, ¿no te parece? ¿Quién más tenía motivos para cargárselo?

Blackie tensó los músculos del cuello y sus ojos pasaron de cero grados a la temperatura de un alto horno.

–Abogado, ¿quieres que te diga una cosa? Te equivocas. Sabíamos que nada sería fácil en cuanto decidiéramos dejarlo en libertad, pero en ningún momento pensamos en liquidarlo. No era ésa mi idea.

–¿Y qué me dices de Harkness? ¿Tampoco fue idea tuya?

–¿Qué pasa con Harkness? –intervino Sammy Schultz.

–Sabes de qué hablo. De su suicidio, de su oportuno suicidio.

–Para el carro, amigo –dijo el director.

–Blackie, no soy tu amigo.

–¡Harkness se suicidó! –chilló Dee Dee–. Todos sabemos que se suicidó con una hoja de afeitar...

–Fue muy oportuno, ¿no? Como dijo Vince, resolvió el problema en el preciso momento en que Harkness estaba a punto de contarle la historia a Brandshaft.

–¿De qué hablas? ¿Qué estaba a punto de hacer Harkness?

–Sabes perfectamente que Harkness visitó a Brandshaft...

–¡A ti te falta un tornillo! –Blackie estaba sinceramente perplejo–. No tengo ni puñetera idea de lo que dices. ¿En qué momento Harkness visitó a Brandshaft?

–¿Estás diciendo que Polo no te dijo nada?

Polo los miró con el ceño fruncido.

–No me pareció relevante. Blackie, no quería que te enfadaras. Fue una tontería, que Dios me asista...

La señora Cook sollozó y Blackie le dirigió una mirada desdeñosa. Cuando retomó la palabra, su voz rebosaba sinceridad:

–Step, no sé por qué, pero me gustaría que me creyeras. Sabes que soy un maldito ateo y reconozco que cuando hay tormenta eléctrica me persigno. Step, mírame –Step le miró–. Juro sobre la tumba de mi madre que no maté a Brandshaft ni le pedí a nadie que lo hiciera. ¿Me crees?

Step suspiró.

–De acuerdo, Blackie, te creo, si eso es lo que quieres.

–¡Y un huevo! –gritó Chili–. ¿Qué significa esto? ¿Estamos celebrando una sesión de espiritismo o qué? La pregunta es: ¿qué hacemos con esa cosa? ¿Qué hacemos?

–Sin duda, tenemos que quitárnosla de encima, arrojarla en algún sitio –replicó Blackie.

–¿Por qué no la tiramos al río? –Polo tembló.

–En el sótano hay una caldera –informó Chili tranquilamente–. ¿Habéis pensado en esa solución?

Aunque todos le miraron, se mantuvo impertérrito. Se contempló las manos como si rechazara la sugerencia que acaba de hacer. Presa de una súbita visión de crepitantes llamas, Step sintió que la cara le ardía como arrebatada por el calor que despedía ese fuego aún sin encender. La idea de esa postrer ofensa al padre de Vicki Brandshaft le hizo sentirse tan asqueado y afligido que no pudo articular palabra. Y estaba obligado a hablar. Aunque Brandshaft sólo fuera un pellejo apaleado, tenía que impedir semejante profanación. Carraspeó.

–Estúpido –dijo ásperamente–. Lisa y llanamente, es estúpido.

–¿Qué quieres decir?

–Si queréis libraros de Brandshaft habrá que buscar otra salida. Bastará con que lo pongáis en su sitio, en el lugar al que se dirigía cuando lo detuvimos: en la carretera de Maine.

–¿En la carretera de Maine?

–Es sencillo, Blackie, realmente sencillo –evaluó por turnos a cada miembro del grupo. Añadió en tono confidencial–: Chicos, usemos la sesera. Reconozco que antes estaba afectado, pero ahora lo veo claro. Aún hay medio millón de pavos en la caja de seguridad de Brandshaft y mañana podremos dividírnoslos si hoy manejamos bien la situción.

–Prosigue –dijo Blackie en tono sereno–. ¿Qué pasa con Maine?

–Piensa en lo que ocurría hace una semana. ¿Dónde se suponía que estaba Brandshaft hace una semana? De camino a los bosques del norte, ¿no? ¿Dónde crees que lo buscarán cuando no regrese? En el mismo sitio. Y si lo encuentran en otro sitio, en una caldera de Manhattan o en el East River, llamará la atención, ¿no? Harán una investigación a fondo. ¿Sabes lo que nos ocurrirá entonces?

–¿Y qué? –preguntó Chili–. ¿Cómo lo trasladamos a Maine?

–No es necesario, no tenemos que trasladarlo. Bastará con que lo metamos en su coche. Bastará con que lo llevemos hasta algún punto de la carretera, un lugar inhóspito y escarpado, donde el camino traza una curva, un punto oscuro, poco accesible y peligroso para los coches... ¿no lo entendéis? ¿Qué pasa si lo encuentran en el Cadillac, en el fondo de un barranco perdido, golpeado por los cuatro costados? ¿Qué pensarán en ese caso?

Polo puso una expresión de alivio y murmuró:

–Sí, muchacho, has dado en el clavo. A eso le llamo pensar con la cabeza.

–Podría funcionar –admitió Blackie–, podría funcionar.

Hasta la señora Cook se sintió aliviada.

–Es la única solución –concluyó Step tajante–. Después de un accidente grave, no se distingue una herida de otra. Pensarán que se salió de la carretera y que se dio la hostia. Nunca llegó al sitio donde pensaba pasar las vacaciones. Y tantos días después ese golpe en la cabeza no llamará la atención.

–Es verdad –dijo Vince Whiting–. No sospecharán que fue con una silla...

–¿Una silla? –preguntó Step sin levantar la voz–. ¿Fue con una silla?

–¿No la viste en la celda? Está en el suelo, con una pata destrozada. Quien lo hizo levantó la silla y la dejó caer con todas sus fuerzas sobre el cráneo de Brandshaft.

–Tendremos que trabajar deprisa, antes de que sea demasiado tarde –intervino Blackie–. Sacaremos el coche de Brandshaft del aparcamiento, prepararemos las maletas...

–Exacto –Step asintió con la cabeza–. Luego desmantelaremos la cárcel, nos sacaremos todo de encima. Más vale que alguien reparta el trabajo.

Blackie se dio por aludido.

–Vince, Chili y Sammy desmontarán el decorado de la cárcel. Dee Dee, acompaña a la señora Cook a su casa y métela en la cama; en este momento no nos podemos permitir ningún numerito de histeria. Dee, en cuanto tengamos el dinero será mejor que dejes la ciudad.

–¿Yo? ¿Por qué? –preguntó Dee Dee.

–Creo que deberías hacer un viaje a Cayo West –se explayó Blackie afablemente–. Por si al jefe de personal de la oficina de Brandshaft le pica la curiosidad. Está convencido de que tú viajabas con Brandshaft.

–¿A Cayo West? ¿Es como Miami?

–Por supuesto –Sammy sonrió–. Pero no hay luces de neón.

–Step, tú y yo recogeremos el Cadillac. Pararemos en una gasolinera a comprar un mapa de carreteras de Maine...

–Es mejor que lo haga solo –opinó Step–. Blackie, más vale que te quedes y organices las cosas aquí.

–Joder, Step, no puedo permitirlo, te acompañaré.

–Seamos sensatos. Aquí tendrás bastantes problemas para dejar todo pulido.

Aguardó tenso mientras Blackie evaluaba la situación.

–Creo que tienes razón. Aquí hay mucho que hacer, pero me sentiría mejor si alguien te acompañara.

–Blackie, ¿desconfías de mí?

–No es eso. Step, te las arreglas muy bien por tu cuenta, pero el trabajo requiere dos personas. Brandshaft pesa lo suyo y el coche es enorme. Con dos habrá menos riesgo.

–Está bien –aceptó Step–. Me llevo a Polo.

–¿A mí?

–De acuerdo –Blackie asintió con la cabeza. Se metió la mano en el bolsillo y sacó el resguardo del aparcamiento–. Trae el coche. Entretanto, Vince y yo envolveremos el cadáver de Brandshaft con una manta. Esperaremos hasta que la calle quede vacía y lo cargaremos en la parte de atrás –entregó a Step la cartulina naranja.

–Vamos –dijo Step a Polo, que paseaba frenéticamente la mirada entre él y Blackie.

–¿Y yo por qué? –preguntó Polo con voz aguda–. Blackie, no sirvo para estas cosas. Los fiambres no me gustan.

Step emitió un sonido burlón.

–Ya dije que lo haría solo, ¿no? Polo, si vienes, decídete de una vez.

Polo protestó y, al no contar con el apoyo de Blackie, siguió a Step hacia la salida.

El encargado del aparcamiento les entregó una factura de quince dólares. Step intentó regatear pues la deuda equivalía a tres dólares más de lo que llevaba en la cartera. El encargado miró hacia el coche aparcado, puso mala cara y masculló algo sobre los infelices sin pasta que conducen un Cadillac. Polo puso diez pavos y recuperaron el coche. Step se sentó al volante y salió a todo gas del aparcamiento, haciendo chirriar los neumáticos.

Condujo el coche lentamente por la estrecha calle del viejo estudio y apagó el motor. Se apeó y rodeó el vehículo para abrir el maletero, que aún contenía dos maletas.

Entraron en el estudio y se toparon con Blackie y Vince Whiting, que corrían como locos con el equipaje ligero de

Brandshaft. No se hablaron. Step cogió las bolsas, salió y las cargó en el maletero. Miró calle arriba y abajo: no había nadie, salvo un vejete que metía una carretilla de mano en una tienda de recambios de máquinas de coser con el escaparate iluminado por una humilde bombilla. El hombre se internó en la tienda y Step regresó al estudio.

Blackie y Vince acarreaban hacia la puerta el cadáver envuelto en una manta. Polo caminaba rígido junto a ellos y contemplaba fascinado la macabra carga.

–Deprisa –dijo Step–. En la calle no hay nadie, salvo un viejo que trabaja por la noche.

–Pesa mucho –protestó Vince–. No me imaginaba que fuera tan pesado...

–¡Cierra el pico! –Blackie estaba con la lengua fuera.

Step los ayudó. Aunque detestaba tocar el cadáver, se obligó a no pensar en el asunto. No quería pensar en nada hasta sentarse al volante del coche de Brandshaft, hasta estar en condiciones de hacer lo que había que hacer...

–Con cuidado –advirtió–. Tomáoslo con calma.

–¡Polo, abre la puerta! –pidió Blackie roncamente.

Polo abrió de una patada la puerta del estudio e hicieron un descanso antes de continuar.

Step salió y volvió a mirar calle arriba y abajo. El vejete seguía en la tienda y en ese momento una mujer de abrigo gris cruzaba la calle en diagonal. Contuvo a los demás con un ademán y esperó a que la mujer llegara a la esquina. Entonces dijo:

–Ahora. Vía libre.

Saltó desde el umbral y abrió la portezuela trasera del Cadillac. Vince y Blackie lo siguieron con la carga; Step torció el cuerpo y se metió en el asiento trasero para ayudarles a depositar en el suelo el cadáver envuelto en la manta. Polo se había rezagado y los miraba boquiabierto.

–¡Vamos! –lo apremió Step con un susurro–. ¡Polo, decídete de una vez!

–Sí, bueno, ya voy.

Polo ocupó el lugar del acompañante y Step se puso al volante. Blackie se asomó por la ventanilla y los saludó haciendo la señal de la victoria.

–Suerte, Step. No corras riesgos.

Step encendió el motor y alejó el coche del bordillo. No

miró a los dos hombres que habían quedado en medio de la calle. Condujo tan rápido como le permitieron los semáforos, en dirección a la carretera del West Side. La velocidad era tal que Polo se alarmó. Tiró de la manga de Step y le rogó que aminorara un poco la marcha.

–Por supuesto –Step sonrió–. Polo, no padezcas.

Giró en la esquina sobre dos ruedas y luego apretó el freno. En cuanto el coche se detuvo, se estiró por encima de Polo y aferró el tirador de la portezuela. Lo levantó y Polo preguntó:

–Oye, Step, ¿qué pretendes?

–Te haré un favor, Polo. Lárgate.

–¿Que me largue? ¿Qué quieres decir?

–Dijiste que los fiambres no te gustan y estoy de acuerdo. No te preocupes por éste, yo me ocuparé de todo.

–Hombre, estoy de acuerdo, pero ya has oído a Blackie. Step, se supone que debo ayudarte.

–No necesito ayuda, Polo, prefiero arreglarme solo –abrió la puerta–. Adiós, Polo, ya nos veremos.

–Espera, tío...

–¡Fuera! –gritó Step y empujó del hombro a Polo con la mano izquierda.

Polo no opuso resistencia. Se apeó deprisa y vio que Step daba un portazo.

–¿Qué le diré a Blackie? –Step lo oyó mientras hundía el pie en el acelerador–. Se cabreará, Step...

–¡No le digas nada!

Vio por última vez la esbelta figura de Polo a través del retrovisor: el joven rubio parecía desvalido y desolado. En la esquina siguiente Step giró a la izquierda y enfiló hacia arriba, maldiciendo los semáforos, los coches que avanzaban lentamente y todo lo que pudiera demorarlo en su último viaje. Tuvo suerte. Había un aparcamiento libre a tres coches de distancia de la entrada de la casa de apartamentos de Vicki Brandshaft.

Vicki permaneció sentada y le escuchó. No pareció dudar ni creerle. Lo observó mover los labios y dio la sensación de que evaluaba y sopesaba cada detalle sin entender nada.

Mientras Step hablaba, permaneció serenamente sentada en una silla del salón y toqueteó la textura nudosa del tapizado. Parecía un ídolo de piedra ante el cual los pecadores podían confesar sin temor a los comentarios, las críticas o los accesos de ira. Step le contó todo, empezando por el primer encuentro de aquella noche en el estudio del Grupo de Actores, le dio los nombres, le desveló todos los secretos y las acciones y ella lo oyó como si esas palabras no tuvieran sentido para Vicki Brandshaft ni para su padre, cuyo cadáver yacía envuelto en una manta en la parte trasera del Cadillac. En un momento en que le gritó, en que se enfureció por su impasividad de ídolo de piedra, Vicki se puso a gemir. Se lo contó todo de nuevo, con la voz cargada de crueldad y cólera. Vicki siguió inmóvil, impávida e incrédula hasta que, como una avalancha de agua que escapa del embalse, la verdad pareció inundarla, rodearla, arrollarla, hasta que el peso de la verdad la aplastó contra el suelo.

–Que Dios me perdone –dijo Step y se agachó junto a ella–. Que Dios me perdone, Vicki, jamás pensé que acabaría así. No me imaginé que ocurriría...

Vicki no respondió. Se revolvió, gimió, balanceó la cabeza de un lado a otro. Step la sentó en el sofá y ese gesto la llevó a abrir los ojos, produjo un odio temible en su mirada y en su boca.

–Apártate de mí –dijo–. ¡No me toques!

–Vicki...

–¡Apártate! ¡Sal de aquí!

–Tienes que creerme. Me equivoqué al participar en esto, me equivoqué. No tuve nada que ver con los últimos acontecimientos. Les dije que quería quedar al margen de esta historia, que el dinero no me interesaba...

–Por favor –gimió–. Dios mío, por favor...

–Vicki, me entregaré a la policía. ¿Me oyes? Me entregaré a la policía y les contaré todo. Es lo único que puedo hacer. No pretendo que digas nada. Simplemente quería que lo supieras en lugar de averiguarlo por otros medios.

Por fin Vicki pudo llorar. Hundió la cara en el sofá y sollozó como una chiquilla. Era lo que Step esperaba. Se puso de pie.

–Vicky, quiero pedirte algo. Quiero que me devuelvas la postal que te di, la falsa postal de Cayo West. Me la llevaré.

Como Vicki no respondió, Step se acercó al escritorio de tapa corrediza de madera clara. Como ella no le detuvo, Step revisó todas las casillas y cajones que ya había registrado en una ocasión anterior. Volvió a dar con el álbum de fotos y encontró la postal de la mítica Delores Mason entre las instantáneas sueltas. También vio una foto de Edward Brandshaft posando con una gruesa chaqueta a cuadros de cazador y sonriendo detrás de un ciervo abatido. Había otras instantáneas de Brandshaft abrazando a una mujer débil de rostro afable. Miró las fotos con malsano interés hasta encontrar las amarillentas instantáneas del teatro. Las contempló con profunda concentración, recordó conversaciones anteriores y comprendió que había encontrado mucho más de lo que buscaba en ese escritorio. Guardó la postal en el bolsillo interior de la chaqueta y dirigió una última mirada a la figura derrumbada en el sofá. Como no tenía nada más que decirle se dirigió a la puerta.

Una vez en la calle, dejó que el portero cumpliera con sus deberes y caminó hacia el Cadillac. Junto al coche había dos policías y uno de los agentes miraba por la ventanilla trasera.

16

Si hubiera podido pensar y tomar una decisión, Step hubiera dado media vuelta y huido. No quería ese pálido final. A pesar de su decisión y propósitos, el instinto de conservación lo acuciaba. Entregarse era una cosa: si lo hacía tendría esperanzas, recordaba el suficiente Derecho Penal como para saber que era así. Al acercarse al Cadillac gris y a los hombres de uniforme azul que observaban el asiento trasero supo que era demasiado tarde. Tendría que presentarse con los demás actores de la Broma Brandshaft y sería tratado con el mismo rigor.

–Alto –dijo bruscamente uno de los polis–. Amigo, ¿este coche es suyo?

–No, no es mío –respondió Step en voz baja.

–Pues caminaba hacia él. ¿Qué lleva en la mano?

El poli tenía cara juvenil, pero arrugada y curtida. El segundo agente era mayor, con la frente picada de viruela y la nariz torcida. Se estiró y cogió la llave que Step llevaba en la mano. El joven se situó tras el volante y la introdujo en el encendido. En cuanto el motor se puso en marcha se apeó del vehículo.

–Amigo, ¿sigue diciendo que este coche no le pertenece?

–Es de... un amigo, Edward Brandshaft. Me lo prestó.

–Claro. ¿Qué lleva en el asiento trasero?

–Mantas y cosas así.

El poli abrió la portezuela trasera y añadió:

–Muéstremelas. Señor, muéstreme las mantas y las cosas así.

Step suspiró harto de todo.

–Oiga, estaba a punto de entregarme a la policía. Dentro de la manta hay un hombre, un muerto. Pero yo no lo maté. Pensaba ir a la policía y entregar el cadáver.

Los dos agentes se miraron. El de la nariz deforme miró el dosel de la casa de apartamentos y comentó:

–Ese edificio no tiene pinta de comisaría.

–Tenía que ver a alguien antes de hablar con la policía. Que Dios me perdone, pensaba entregarlo. Iba a contarles todo, quién lo mató, hasta el último detalle. Si me permiten...

–Se lo permitiremos, no se preocupe. Obtendrá exactamente lo que quiere. Muéstreme su carné de conducir.

Step le entregó la cartera y el poli joven la miró sin interés.

–Está bien, vacíese los bolsillos.

Step acató la orden. El poli de más edad contempló los objetos con indiferencia.

–Una postal y una llave –dijo–. Señor, ¿para qué sirve la llave?

–No es de una vivienda –comentó el más joven–. Parece la llave de una consigna. Lleva el número novecientos cuarenta y dos. Señor Sutter, ¿qué hay dentro de la consigna?

–La bola de jugar a los bolos –respondió Step.

–¡No le veo la gracia! Vamos, cómico, suba al coche.

Empujó a Step hacia el automóvil. El poli de la nariz torcida se sentó al volante y el más joven en el asiento trasero, junto al cadáver de Edward Brandshaft. Avanzaron varias calles en silencio y torcieron hacia el este. De vez en cuando Step miraba hacia atrás para evaluar al hombre que lo había detenido. El poli que conducía estaba nervioso: tenía los nudillos blancos de tanto apretar el volante. En un instante de locura, Step calculó las probabilidades de coger el volante, torcerlo con fuerza, hacer chocar el coche contra el bordillo y escapar en medio de la confusión. Cambió de idea al notar en la nuca la mirada y el aliento del otro poli.

Se dirigían a la entrada de la carretera del East River. Step supuso que girarían en York Avenue, pero el poli siguió conduciendo en dirección este. Entraron en la carretera y fueron hacia el norte. Step miró por la ventanilla las chalanas de basura que se deslizaban deprisa por las fangosas aguas del río.

–Espere un momento –dijo Step inquieto–. ¿Dónde demonios queda la comisaría?

Ninguno de los polis respondió y Step se revolvió en el asiento, lo que provocó la risita del conductor.

–Cabrones –dijo Step, y como recompensa recibió un guantazo en la nuca–. No se librarán así como así. Ya lo he contado todo a la policía...

–No ha abierto la boca –aseguró satisfecho de sí mismo el que iba al volante–. Nos lo habría dicho cuando lo detuvimos.

–Puede que haya telefoneado –comentó preocupado el más joven–. Quizá llamó desde la casa de apartamentos.

–No te inquietes –dijo el conductor–. Estoy seguro de que no llamó a la policía. ¿Por qué iba a hacerlo con toda la pasta en su poder? –rió–. Verá, amigo, lo sabemos todo.

–Oye, Myron, déjame conducir un rato –pidió el más joven–. No me gusta viajar en el asiento trasero.

–¡Myron! –exclamó Step–. ¡De modo que eres tú! El tramoyista...

–Ni más ni menos, amigo. Es una pena que no nos conociéramos antes. Podrías haberme dado lecciones de interpretación. ¿No crees?

–Entonces Blackie no confió en mí. Y yo me tragué el maldito truco...

–Blackie confió en ti hasta el final, ése fue su error. Por el aspecto de la llave que encontramos, diría que el viejo ya te había entregado la pasta, ¿no? Y no pensabas repartirla, querías guardártela toda.

–¿Adónde me lleváis?

–Es asunto nuestro –respondió Myron–. Tal vez al mismo sitio donde pensabas llevar el fiambre.

–Myron, ya sabes lo que pienso de los cadáveres –insistió el otro, preocupado–. ¿Por qué no me dejas conducir un rato?

–Cada cosa a su tiempo, Phil. Me encanta llevar esta maravilla. No tengo muchas posibilidades de conducir un Cadillac.

–Entonces me sentaré delante.

–¿Por qué no aclaramos este asunto? –propuso Step–. No sabéis dónde está la consigna y yo sí. Podríamos repartir el botín entre los tres.

A la entrada del puente del Bronx-Whitestone encontraron tráfico pesado. Centímetro a centímetro, Step acercó la mano al tirador de la puerta y siguió hablando.

–¿Qué opináis? Podemos dividirlo entre tres...

Myron rió y Step accionó enérgicamente el tirador, empujando la portezuela con el hombro. Estaba a sólo diez centímetros de la libertad cuando Myron hundió el pie en el acelerador y el coche pegó una sacudida que arrojó a Step sobre el asiento. El matón de atrás lo sujetó del cuello de la chaqueta, soltó una maldición, se estiró y cerró la portezuela. Como Step se debatió, levantó la mano tanto como le permitía el techo del coche y la bajó sobre el cuello de Step como un hachazo. Una punzada de dolor le recorrió de la cabeza a los pies y luchó denodadamente por no perder el conocimiento, pero la mano volvió a alzarse y a bajar, y su mente y sus ojos quedaron en penumbras.

Ya no estaban en medio del tráfico pesado cuando Step recuperó el conocimiento; corrían por un tramo de carretera sin iluminar y bordeado de árboles tupidos y agoreros. Mantuvo los ojos cerrados con la esperanza de que creyeran que seguía desmayado, pero Myron, que no apartaba los ojos de la carretera, presintió que el prisionero volvía a estar con ellos. Rió entre dientes y preguntó a Step si se encontraba bien.

–Sí, estoy bien –respondió amargado–. ¿Cuánto durará esta tortura?

–No mucho –dijo Phil a sus espaldas–. No mucho, amigo.

–¿Blackie os pidió que os librarais de mí?

Phil bufó.

–Me caía mejor cuando estaba desmayado. Tal vez debería...

–Calma –ordenó Myron–. Tómatelo con calma.

–Para ti todo va bien porque no compartes el paseo con un cadáver –se quejó Phil.

–¿Estáis seguros de que Blackie repartirá el botín? –preguntó Step–. Estoy seguro de que os pagará una miseria mientras los demás se reparten medio millón de pavos.

–Ya está bien, muchacho –protestó Myron.

–¡Hay medio millón de pavos! ¿Qué sacáis vosotros? ¿Doscientos por quitarme de en medio?

–Myron, ¿qué pretende este tío? –preguntó Phil.

–Pura cháchara –se apresuró a decir Myron–. Intenta ponernos nerviosos. No olvides que es abogado.

–Sí, soy abogado y os aseguro que sois un par de novatos.

–Hijo de puta –murmuró Phil y bufó enfurecido–. Myron, acabemos de una vez, acabemos de una vez. Este cadáver me ataca los nervios, no podré soportarlo mucho más.

–Pronto acabaremos, Phil. Tenemos que encontrar un buen sitio.

–Venga, Myron, date prisa –Step giró unos milímetros la cabeza y vio el perfil de Phil, la boca entreabierta, el sudor que le cubría la frente y la barbilla–. Entiéndeme, esta compañía no me gusta nada. ¡Detesto los fiambres!

–Tiene su gracia –comentó Step–. Blackie me dijo que habíais sido vosotros.

–¿Cómo? ¿Blackie dijo eso?

–Cierra el pico –ordenó Myron–. Abogado, cierra el pico.

–¡Está mintiendo! –gritó Phil–. ¡Es un maldito mentiroso! ¡Nosotros no sabíamos nada! ¡Myron, cuéntale la verdad!

–¿Para qué, imbécil? No tiene la menor importancia.

–¡Yo no lo hice! –chilló Phil al oído de Step–. Yo no le maté.

–Si es verdad, ¿por qué estás tan nervioso? –gritó Step–. ¿Por qué tienes tanto miedo? –decidió correr el riesgo, giró totalmente la cabeza hacia el asiento trasero y miró el cadáver envuelto en la manta. Abrió desmesuradamente los ojos, quedó tan boquiabierto como podía y gritó con toda la fuerza de sus pulmones–: ¡Está vivo! ¡Aún está vivo!

Phil se sumó a su grito de terror y Step notó que el coche rebotaba en el arcén de la carretera y giraba en un extraño ángulo hacia el carril contrario cuando Myron volvía la cabeza para ver qué ocurría. Step clavó el pie izquierdo en el dedo gordo de Myron y aplastó el acelerador contra el suelo; las ruedas chirriaron y el volante escapó de las manos de Myron. Step notó que el pesado coche se inclinaba hacia la izquierda, vio que Phil se arrojaba contra la portezuela trasera y se aferraba desesperadamente al asiento delantero para mantener el equilibrio, notó que el cadáver envuelto en la manta salía disparado hacia un lado del coche y que Phil levantaba los brazos para protegerse de su macabro roce. Cuando las manos de Myron recuperaron el volante, era demasiado tarde para compensar la fuerza que había volcado el Cadillac. El techo del coche dio contra el pavimento y se deslizó hacia el empinado terraplén del otro lado, con una violencia que aplastó el techo y el cráneo de Phil y le costó a Myron el uso de las piernas durante el resto de su vida.

17

Era el doctor Greff y no se parecía a ninguno de los médicos que Step había conocido. No tenía la menor paciencia ante el lecho de un enfermo, ni siquiera la amabilidad didáctica que Step esperaba de ese tipo de profesionales. Probablemente respondía a que era médico de la policía: sin duda eran una raza aparte.

A pesar de la fría diligencia con que el médico se refirió a su estado, a Step le pareció extrañamente simpático.

–No sufrió lesiones internas graves –explicó–. Al principio pensamos que una de las costillas rotas había perforado el pulmón, pero tuvo suerte. Con excepción de esto y de algunas magulladuras y contusiones de poca importancia, se recuperará.

El capitán Pellegrini, el solemne y considerado detective que no tenía nada que ver con el concepto que el Grupo tenía acerca de los representantes de la ley, acercó la silla de ruedas a la cama.

–Señor Sutter, ¿se siente en condiciones? La decisión depende de usted.

–Puedo y quiero hacerlo –respondió Step y apretó los dientes.

–Se ayudará a sí mismo –añadió Pellegrini–. Señor Sutter, no soy abogado, ésa es tarea de su padre, pero llevo trabajando el tiempo suficiente como para saber que lo que está por hacer le favorece.

–Daría lo mismo si no me favoreciera –insistió Step seriamente–. Écheme una mano.

Pellegrini se acercó a la cama. Flanqueado por el detective y el médico, Step logró sentarse en la silla de ruedas.

Diez minutos después estaban en la primera fila de butacas de un auditorio nebuloso, con la mirada fija en el escenario extrañamente iluminado. El espectáculo comenzó enseguida y sin fanfarria. Fue la última función del Grupo de Actores.

Apareció una chica alta y ágil, de pelo y ojos oscuros, que se desplazó por el escenario como un espectro perdido y desconcertado.

–Delores Mason –dijo el capitán Pellegrini–. Apodada Dee Dee. Edad, veintiséis años. Soltera. Profesión, actriz. Último trabajo, mecanógrafa en la Agencia Inmobiliaria Brandshaft. No tiene antecedentes penales.

–Es ella –afirmó Step–. Hizo de Delores Mason.

Luego apareció un hombre moreno y con cuello de toro, cuyo pecho musculoso destacaba con la camiseta ceñida, con el entrecejo fruncido y sombrío y el rostro sin afeitar. Se contoneó por el diminuto escenario y bizqueó, intentando ver más allá de las luces deslumbrantes.

–David Jameson Daggert. Apodado Blackie –dijo el capitán Pellegrini–. Edad, treinta y tres años. Profesión, director de teatro. Desempleado. No tiene antecedentes penales.

–Nuestro director –informó Step agriamente.

–Samuel Gerald Schultz. Edad, veintisiete años. Soltero. Profesión, actor. Tiene antecedentes penales, de 1949, por daños dolosos. Condenado a treinta días. No hubo otras detenciones.

–Sammy era uno de nuestros policías –dijo Step–. También imitó la voz del abogado de Brandshaft.

–Vincent Davies Whiting, alias Sidney Wollman. Edad, cuarenta y cinco años. Divorciado. Profesión, actor. En 1953 fue condenado por conducir borracho.

Vince Whiting ocupó su sitio en la fila con la cabeza en alto. Miró hacia el patio de butacas como si pretendiera contar a los asistentes. Al descubrir que no veía nada, se encogió de hombros con indiferencia.

–Nuestro fiscal del distrito –declaró Step.

–Herman Dobek. Apodado Polo. Edad, veinticinco años. Soltero. Profesión, actor. Desempleado. Condenado en 1954 y 1955 por faltas a la moral.

–Era nuestro carcelero.

–Chili Alvarez. Edad, veinticuatro años. Soltero. Profesión, actor. Fue detenido una vez por juego ilegal. No hubo condena.

–El marido despechado.

–No falta nadie –dijo Pellegrini–. Aquí está el maldito reparto. Las tablas les gustan. Cualquier tipo de escenario...

–No, falta alguien, quizás el miembro más importante del grupo: la señora Florence Cook –dijo Step.

Pellegrini le miró sorprendido.

–¿Por qué lo dice? ¿En qué sentido es importante?

Step respiró hondo.

–Porque mató a Edward Brandshaft. Usted busca un asesino y ella lo es.

–Señor Sutter, ¿está seguro de lo que afirma?

–Capitán, he tenido tiempo de sobra para pensarlo. Cuanto más lo medité, más seguro estuve. No fue nuestro ángel por casualidad. Ella respaldó algo que no podía fallar: la muerte de su primer marido.

–¿Marido?

–Capitán, no se llamaba Cook, sino Rice, Harriet Rice. Y creo que por eso mató a Edward Brandshaft.

Pellegrini se frotó la barbilla y comentó:

–Réconozco que así todo quedaría explicado. Se aclararía por qué lo hizo.

–¿Por qué hizo qué?

–Se suicidó. La tal Florence Cook se suicidó la misma noche que detuvimos al grupo. Si fue realmente quien usted dice, habría tenido motivos, ¿no?

Era una buena pregunta, pero Step ya no estaba seguro de la respuesta.

18

Step pasó los dedos por la tela metálica y esperó a que Louis Sutter limpiara meticulosamente las gafas. Conocía los ademanes de su padre y sus más nimios significados; sabía que, cada vez que se emocionaba, Sutter se quitaba las gafas de montura metálica y las limpiaba hasta darles un brillo resplandeciente.

–Continúa, Stephen –dijo afablemente–. Te estoy oyendo.

–Fue la foto lo que desveló la clave –prosiguió Step–. Fue ver esa foto que encontré en el escritorio de Vicki. Me había hablado de Harriet Rice y la describió con pelos y señales. Dijo que era una actriz del montón, un rostro anónimo entre las coristas de un musical de mala muerte. Recordé sus palabras cuando vi la foto. Sería imposible reconocer a la señora Cook, sobre todo con su aspecto actual. Pero no hizo falta que la reconociera, me bastó con recordar.

–¿Con recordar qué?

–Lo que nos dijo la señora Cook cuando investigó a Brandshaft para el Grupo de Actores. Describió a Harriet Rice como una «destacada actriz de la época». ¡Qué cara! Tal vez se lo creía. Nunca se sabe. Quizás el paso de los años enturbió su memoria, la llevó a pensar que había sido una estrella en lugar de otro par más de piernas en el coro... Las dos descripciones no concordaban. ¿Por qué la señora Cook llamó a Harriet Rice una destacada actriz cuando nunca lo fue? Fue por amor propio, papá, por puro y simple amor propio. Cuando vi la foto comprendí la verdad: había sido la primera esposa de Brandshaft.

–¿Todo el asunto fue idea de ella?

–No, no fue así. Papá, a la señora Cook se le había ocurrido otro tipo de broma. Cuando le consiguió al Grupo de Actores el viejo estudio abandonado, sabía perfectamente que era propiedad de la Agencia Inmobiliaria Brandshaft. Consciente de lo mucho que su ex marido odiaba la farándula, debió de pensar que convertir una de sus propiedades en teatro era un gran *gag*. Claro que no podía disfrutar de la broma a menos que Brandshaft lo supiera. Así que le envió una nota. No fue Patchett sino ella quien le contó la historia a Brandshaft. A éste le resultó insoportable. Le pidió a Patchett que rescindiera el contrato y así fue como yo entré en escena. Todo comenzó con la fiesta. Nadie quedó al margen de la broma, no puedo culpar únicamente a la señora Cook. Todos somos responsables. La Broma Brandshaft fue una empresa colectiva y debemos repartirnos las culpas.

–¿Por qué lo hiciste? –preguntó Louis Sutter sin levantar la voz–. Stephen, ¿qué tipo de hijo tengo?

–No lo sé, papá. No entiendo cómo me mezclé en ese disparatado proyecto de chalados. Supongo que estaba tan deseoso de participar en algo que no fui capaz de resistirme. Al principio fue un chiste, pura comedia, no me tomé en serio lo del dinero que obtendríamos. Y cuando mataron a Harkness.

–¿No se suicidó?

–No. Harkness era incapaz de suicidarse, ya lo había demostrado. Lo asesinó la misma mano que mató a Brandshaft, a Florence Cook y que estuvo a punto de acabar conmigo... Creí que lo tenía resuelto. Me consideré muy sagaz mientras yacía en la cama del hospital. En cuanto descubrí quién era la señora Cook, pensé que tenía un poderoso móvil para librarse de Brandshaft... no sólo la venganza, sino el dinero. Tenía una renta vitalicia que habría mejorado a la muerte de Brandshaft. Sí, es verdad, lo tenía todo... menos agallas. Sólo era una pobre vieja ridícula a la que le pareció divertidísimo poner nervioso a su ex marido. Lamentablemente, su hijo quería mucho más...

–¿Su hijo?

Step miró el enorme reloj que colgaba de la pared.

–En cuanto la policía conoció la verdadera identidad de la «señora Cook», rastreó rápidamente su historia familiar, incluida la lamentable historia del adonis rubio y apuesto que murió y la dejó con las manos vacías, salvo la renta vitalicia del primer marido y un hijo perturbado mental. Papá, también se llamaba Dobek, Herman Dobek padre.

–¿Fue el padre de Polo?

–Fue Polo, papá. El encuentro entre la señora Cook y el

Grupo de Actores no fue casual. La trajo Polo Dobek. Tampoco lo hizo por amor filial. Polo no sentía mucho apego hacia su madre, sobre todo después de que ella abandonara a su padre. Pero pensó que el dinero de su madre vendría bien y por eso nos la presentó anónimamente a Blackie y a los demás. Mantuvo en secreto el vínculo familiar. Estoy convencido de que cada uno de ellos se avergonzaba del otro. Y también estoy seguro de otra cosa: Polo eligió personalmente el seudónimo de su madre, lo que tiene su ironía. En cuanto su carrera como actor cayó en picado, el padre de Polo se convirtió en cocinero[1] de platos combinados. Murió en los fogones de un restaurante miserable. Cuando aquel día Harkness fue a visitar a Brandshaft y estuvo a punto de levantar la liebre, Polo estaba presente. Logró sacar a Harkness antes de que descubriera el pastel, pero tenía que asegurarse de que el viejo no volvería a rematar la faena. Y se aseguró, ya lo creo. No comentó con Blackie ni con los demás la visita de Harkness, supongo que a causa del miedo. Sólo se lo contó a su madre. Cuando lo supe, me di cuenta que sólo ellos creían que era necesario matar a Harkness para continuar con la Broma Brandshaft. Polo pensaba en algo más que en la broma. No es un genio, pero sabe sumar dos más dos. El reparto entre ocho de los cuatrocientos mil dólares que pensábamos obtener de Brandshaft equivalía a cincuenta mil por persona. A la muerte de Brandshaft, la renta vitalicia de la señora Cook rendiría la friolera de doscientos mil dólares. Polo sabía que su madre no tendría valor para cobrar esa cifra por las bravas. Pero él estaba decidido a todo y, después del asesinato, pensaba arrancarle por la fuerza a su madre todo lo que pudiera. Cuando Brandshaft me entregó la carta para Vicki, el pasaporte a su caja de seguridad, Polo se puso en acción. Abrió la puerta de la celda y entró. Interpretó el papel de verdugo en lugar del de carcelero.

El padre de Step suspiró cansinamente.

–¿Y los matones que intentaron liquidarte?

–Myron era un viejo compinche de Polo. Éste podía ocuparse de los viejos, de Harkness y de Brandshaft, pero yo era harina de otro costal. Cuando lo eché del coche, Polo se

1. *Cook* significa, literalmente, cocinero. *(N. del T.)*

preocupó y pensó que yo era capaz de traicionarlos. Fue el desencadenante. Polo era el único que podía saber a dónde fui. También en eso tenía razón. Cuando vi el cadáver de Brandshaft en la celda, decidí acudir a la policía –alzó la mirada y escrutó el rostro de su padre–. Papá, ¿este hecho tendrá alguna importancia durante el juicio?

Louis Sutter se encogió de hombros.

–Sea como fuere, Polo hizo lo imposible por librarse de mí –añadió Step–. Fracasó por pura chiripa. Entonces se topó con un problema mucho más grave: histérica y asustada por su propia suerte, la madre estaba decidida a entregar al hijo a la policía. Me desagrada pensar en la escena que esos dos interpretaron. Papá, ya sabes cómo acabó, igual que la vida de Harkness... con un falso suicidio...

–¿La policía lo sabe?

–La policía está enterada de todo, papá. No omití ni una coma. ¿Crees que me servirá de algo?

–Stephen, no sé qué decirte.

–Deberías saberlo, pues eres mi abogado –Stephen sonrió.

–Sólo puedo decir que tendrás tu oportunidad. Es lo único que sé a ciencia cierta. El hecho de que te salieras de la pandilla y colaboraras con la policía juega a tu favor. Pero no te librarás, Stephen, eso es impensable.

Step se miró las manos.

–Ya lo sé, papá. Lo que no sé es... qué piensa Vicki.

–¿Qué quieres que te diga? –Louis Sutter se quitó las gafas y las limpió–. Stephen, le hiciste mucho daño. ¿Crees que podrá olvidarlo?

–No, creo que no. Tampoco espero que desee volver a verme...

–Claro que no, Stephen. Tal vez más adelante... pero, de momento, no.

El guardián se situó detrás del padre y le tocó el hombro. Louis Sutter se levantó y se dirigió a la salida sin volverse para despedirse. Cuando el guardián abrió la puerta, Step vio a Vicki del otro lado. Como si se hiciera cargo de la importancia de lo que hacía, el guardián mantuvo abierta la puerta el tiempo suficiente para que Step viera que su padre cogía a Vicki del brazo y la abrazaba con ese gesto reconfortante que todos dedicamos a los seres queridos.

Título de la edición original: *Enter Murderers*
Traducción del inglés: Horacio González Trejo,
cedida por Editorial Debate, S.A.
Diseño: Winfried Bährle
Ilustración: Xavier Martínez

Círculo de Lectores, S.A.
Valencia, 344, 08009 Barcelona
3 5 7 9 6 9 0 4 8 6 4 2

Depósito legal: B. 6814-1996
Fotocomposición: Fotoletra, S.A., Barcelona
Impresión y encuadernación: Printer industria gráfica, s.a.
N. II, Cuatro caminos s/n, 08620 Sant Vicenç dels HortS
Barcelona, 1996. Impreso en España
ISBN 84-226-6003-2
N.° 35709